나도
잘
하고
시
ㅍ다구

나도 잘하고 싶다구

초판 1쇄 발행 2012년 1월 10일
초판 7쇄 발행 2016년 4월 20일

지은이 이지은
펴낸이 이지은
펴낸곳 팜파스
기획 서정 Agency(www.seojeongcg.com)
책임편집 김민정
교정교열 윤진영
디자인 조성미
마케팅 정우룡
인쇄 (주)미광원색사

출판등록 2002년 12월 30일 제10-2536호
주소 서울시 마포구 어울마당로5길 18 팜파스빌딩 2층
대표전화 02-335-3681   **팩스** 02-335-3743
홈페이지 www.pampasbook.com | blog.naver.com/pampasbook
이메일 pampas@pampasbook.com

값 12,000원
ISBN 978-89-93195-72-9 (43800)

나도 잘하고 싶다구

책보다 무거운 어깨를 짊어진
십대들의 진짜 외침

이지은 지음

팜파스

괜찮아, 나도 그랬으니까

공부, 시험, 입시라는 핑계로 청소년들을 만나기는 하지만 만남이 지속될수록 자주 하는 이야기는 아이들의 마음에 관한 것이다. 아이들은 해도 해도 안 되는 자괴감을 "집중도 잘 못하고 계획도 매일 못 지켜요. 저는 의지가 약한가 봐요."라는 고민으로 포장해 나에게 내민다. 나는 그저 "자습 시간에는 떨어진 집중력을 그대로 끌고 가지 말고 시간을 구분해서 공부하렴." 하고 조언한다. 그렇지만 마음속에서는 '걱정하지 마. 괜찮아. 네가 이상한 게 아니야.'가 맴돈다. 마치 수줍은 연인이 차마 사랑한다는 말을 꺼내지 못하고 "조심해서 들어가.", "밥은 먹었어?"로 어색한 대화를 이어 나가는 것처럼. 아이들의 마음을 만지기에는 '학습 컨설팅'이라는 포장지가 참으로 버겁다.

속앓이를 하는 아이들을 볼 때마다 학생이라는 틀도, 선생님이라도 존칭도, 공부라는 핑계도 다 내려 두고 그저 '사람'을 만나고 싶다는 생각을 한다. "지금은 힘들겠지만 결국 너를 키우는 밑거름이 될 거야."라는 식의 말이 얼마나 무기력한지. 그것이 정답임을 모르는 청소년은 없고, 정답이라고 모두 위로가 되는 것도 아니다.

요즘 아이들은 자신의 고민을 먼저 겪어 주는 형제도 없고, 네 집 내 집 가리지 않고 오갈 수 있는 친구도 없다. 답답함에 숨이 막힐 것 같은 아이들의 표정이 풀어지는 순간은 해결법을 들었을 때가 아니라 "괜찮아, 나도 그랬어."라는 동지애를 나눴을 때이다. 그 순간, 아이들만 위로를 얻을까. 아이들의 이야기를 들으며 내 안에 고스란히 남아 있는 어린 시절의 상처, 당혹스러움, 기막힘 등이 풀어지기도 한다. 내가 느꼈던 답답함, 내 친구의 눈시울을 적셨던 고민을 그대로 읊조리는 요즘 아이들을 보면 묘한 반가움이 밀려온다. 그러고는 어른인 나는 어린 나와 하듯 이런저런 이야기를 나눈다.

친한 친구에게 털어놓는 것도 어느 정도 여유가 있을 때나 가능한 일. 온 우주에 나만 동떨어진 듯한 좌절감은 아이들을 무뚝뚝하게 만든다. 말문도 막히고 눈빛에도 힘이 없다. 그렇게 헤매는 중에 듣는 "괜찮아, 너만 그런 게 아니야."라는 말은 얼마나 시원할까. "아, 진짜요?"라는 안도의 대답에 내 마음까지 편안해진다. '내가 이상해서가 아니구나. 다들 비슷한 걱정을 하며 사는구나. 선생님도 그랬구나.'라는 동질감을 느끼면 외로움에서 헤어 나올 수 있다.

"너만 그런 게 아니야."라는 다독임은 어른에게도 필요하다. 자녀 문제로 고민하는 부모들이 "다른 애들도 다 그런가요?"라고 묻는 것도 안도감을 얻고 싶기 때문이다. 비슷한 고민을 한다는 것은 정상적인 과정을 거친다는 뜻이기 때문이다. 하루에도 몇 번씩 사표를 내고 싶은 마음을 억누르는 어른들, 한숨 돌릴 만하면 날아오는 청구서에 입이 바짝 마르는 어른들에게 백만장자가 나타나 "괜찮아요, 저도 그랬으니까요." 하면 한동안 위로가 되는 것과 마찬가지리라.

매일 학교 다니며 성적에 울고 웃는 아이들, 공부라는 틀 안에서 답답한 아이들. 이 책은 그 아이들을 만나며 나누었던 마음을 이야기한 것이다. 영화에서처럼 완벽한 선생님은 못 되겠지만 몇 마디는 거들어 줄 수 있지 않을까. 내 문제는 크지 않구나, 나만 그런 것이 아니구나, 우리 아이만 이상한 것이 아니구나 하고 책을 읽으며 동질감을 느낄 수 있었으면 좋겠다.

관심을 얻고 싶어 고민을 부풀렸던 것은 아닌지, 엄마의 간섭에서 벗어나려고 무뚝뚝함을 연장했던 것은 아닌지 책을 읽으며 친구들의 이야기에 기대어 자신의 마음을 헤아려 보길 바란다.

모두 괜찮다. 사람은 누구나 실수하니까. 내 마음을 나도 모르는 것이 정상이니까. 무엇보다 이 책을 쓰는 선생님도 그랬으니까. 소심하고 이중적이고 성적도 그저 그랬던 나도 청소년들과 희망을 주고받으며 살아간다.

이 책을 보면서 각자의 마음을 들여다보는 청소년, 학부모, 선생님, 그리고 아직 '어린' 어른들에게 특별한 평화로움이 깃들기를 바란다. 또 그 공감의 울림으로 저마다 마음속에 간직하고 있는 포근함이 되살아나기를 간절히 바란다.

2012년 또 한 번 성장하며

이지은

차례

3. 공부라는 녀석의 정체는 뭘까?

4. 그래, 흔들리면서 크는 거다

1.

지금의 나, 괜찮지?

정신없이 크는 시기,
십대들은 내 안의 나를 만나면서 열등감에 사로잡힌다.
소심한 성격이 마음에 안 들고,
꿈이 뭔지도 모르는 자신이 답답하며,
언제나 똑같은 일상이 지긋지긋하거나,
그냥 세상이 싫은 것.
청소년 대부분이 그런 생각을 하는 것을 보면
그 또한 자연스러운 삶의 단계이리라.
다른 누군가도 나를 보며 열등감을 느끼고 있을 게다.
괜찮다. 나만 그런 게 아니니까.
훌훌 털어 버리고 나를 사랑하자.
지금은 못생기고, 소심하고, 꿈도 없어 보이지만
앞으로는 매력 있고, 세심하며, 큰 꿈을 품는 사람이 될 것이다.

친구가 소중해?
나도 소중해

작은 눈에 뿔테 안경, 뒤로 묶은 머리, 청바지에 티셔츠. 멋 부릴 줄 모르는 희수는 평범하고 조용하고 멍 때리는 것을 좋아하는 녀석이다. 로그함수 문제를 풀던 희수가 갑자기 진지한 질문을 던진다.

"사람들한테 많이 데이면 그만큼 사람을 어떻게 대하고, 어떻게 만나야 할지 알게 된다던데, 상처도 안 받고. 정말 그래요?"

갑자기 엉뚱한 질문을 던지는 것은 희수의 특징이다. 중학교 1, 2학년 때는 단순한 잡념이나 괜한 호기심이 고작이었는데, 더 크면서는 점점 사회문제나 인간관계 등 제법 무거운 이야기들도 나누게 되었다.

들는 사람이야 갑작스러운 질문이겠지만, 희수는 늘 마음속에 품어 온 생각을 편안하다고 생각되는 순간 꺼내 놓은 것이다. 그래서 상대방이 푸핫 웃음을 터뜨리면 극도로 소심해지곤 한다. 이것은 희수뿐 아니라 모든 내향적인 십대들의 공통점이기도 하다. 내 머릿속은 희수의 의도를 짐작해서 적당한 답을 해주고 싶은 마음에 회오리가 일기 시작했다.

"글쎄, 나는 사람들을 그리 많이 만나는 편이 아니라서 데인 경험도 별로 없는 것 같아. 속을 다 털어놓는 친구는 한두 명 정도? 나머지는 그냥 좋은 사람으로 알고 지내니까 뭐, 데이고 말 것도 없지."

"아, 그래요?"

잠시 정적. 내 얘기만 하고 말다니. 희수가 정작 하고 싶은 이야기를 풀어놓을 수 있도록 핑계거리를 주어야 한다.

"데였다는 표현은 좀 안 좋은 것 같아. 처음부터 악한 마음을 먹었다거나 사기를 친 것도 아니고. 보통은 그냥 상처를 받은 거겠지."

"맞아요. 저는 유독 상처를 잘 받는 것 같아요. 눈치가 없어서 그런지……."

14

감정의 기복이 심하고 종종 잠수를 타는 희수의 성격을 고려해 보면 친구 관계가 그리 원만하지는 않을 터. 외로움을 잘 타고 소심한 탓에 마음이 잘 통하는 친구가 하나 생기면 귀찮을 정도로 그 친구에게 달라붙곤 했다.

　"잘 지내던 친구가 있었는데요. 뭣 때문에 조금 다투고 나서는 문자 보내도 답도 안 오고, 전화도 꺼져 있고, 그래서 연락한 지 일 년 정도 됐어요. 그냥 모른 척하고 살면 되는데 다시 친해지고 싶다는 생각이 들어요."

　"갑자기? 다시 친해지고 싶은 이유가 뭔데?"

　"그냥……."

　"그 친구가 좋은 거야? 아님 이렇게 어정쩡한 상태를 해결하고 싶은 거야?"

　"둘 다요."

　십대들은 무엇이든 감정이 오락가락한다. 희수는 더욱 그랬다. 나는 희수가 사회문제를 이야기할 때처럼 또렷하게 자신의 문제를 바라보기를 원했다. 그래서 일부러 캐물었다.

　"그 친구가 좋았다면 일 년 동안 모른 척하며 지내기도 어려웠을 거야. 진작 찾아가서 화해했겠지. 갑자기 요즘 들어 잘 지내고 싶어졌다는 것은 요즘 네 마음에 힘든 뭔가가 있는 게 아닐까? 이럴 때 고민도 털어놓고 같이 놀 수 있는 누군가가 필요한 거지."

희수는 생각에 빠진 듯 끄덕였다. 혹시 그 친구가 이성 친구라면 마음은 더욱 복잡하리라. 남자든 여자든 특별히 친했던 친구랑 사이가 뜸해진다는 것은 우울한 일이다. 희수는 운동장에서나 버스 안에서 그 친구와 가끔씩 스치며 어떤 기분이었을까. 친구에게 상처를 받았지만 다시 친해지고 싶은 희수. 희수가 외로운 모양이다. 그 외로움이 그 친구를 만난다고 해결될까.

"아닐 수도 있지만 내 경험으로는 그래. 모든 문제는 나에게 있는 거야. 친구 때문도 아니고 엄마 때문도 아니고 세상 때문도 아니더라고. 내 마음이 우울하고 건강하지 못할 때는 뭐든지 정상이 아니야. 나는 그렇게 안 좋은 기간이 몇 달, 몇 년 계속된 적도 있었어. 요즘 무슨 스트레스라도 있니?"

"어, 글쎄요. 요즘 학과 선택 때문에 생각이 좀 많긴 했어요. 그래도 스트레스 받을 정도는 아니었던 것 같은데……."

"몸이 안 좋거나 성적이 떨어졌거나 잠깐 기분 탓일 수도 있어."

"하긴 생리 때마다 엄마랑 싸웠던 것 같기도 해요."

희수는 다시 로그함수 문제로 돌아갔다. '절친'의 호칭을 붙여 가며 잘 지내다가 이런저런 이유로 연락이 뜸해진 친구 하나쯤 없는 사람 있을까. 친구를 다시 찾고 싶은 이유는 그 친구가 좋아서라기

16

보다 함께하며 즐거웠던 내 모습을 다시 찾고 싶기 때문이다. 특히 외롭고 힘들 때는 '참 좋았던 그때의 나'가 그리운 것이다.

"뭔지 모르게 시원해진 느낌이에요. 편안해진 것도 같고요."

"그래. 집에 가서 한숨 자고 나면 더 좋아질 거야. 친구 문제는 마음이 편안해진 후에 다시 생각해 봐. 갑자기 다시 친해지자고 하는 것도 생뚱맞지 않냐?"

"하하! 진짜 그렇네요."

희수는 새로 산 분홍색 이불을 덮고 자야겠다면서 신나게 돌아 갔다. 단순한 녀석. 별것도 아닌 것으로 고뇌하고 별것도 아닌 것으로 풀어지는 것이 십대다.

모든 청소년이 이렇게 누군가 필요할 때 도움이 될 만한 이야기를 들을 수 있다면 얼마나 좋을까. 호르몬의 분비량이 소금만 달라져도 우울해지는 것이 인간이거늘, 하물며 크느라 바쁜 십대는 오죽할까.

친구가 소중해?
나도 소중해

다시 찾아야 할 것은 그 친구가 아니라 '나' 아닐까?
나에게
열심히 노력하는 보람,
잘 먹고 푹 자는 개운함,
크게 웃거나 울어 버리는 후련함을 선물하자.
나를 행복하게 만드는 것은
모든 문제의 해결책이다.

사람은 누구나 여러 가지 모습을 갖고 있다

엄마와 함께 있을 때 유상이는 말이 없다. 눈빛도 멍했고 빨리 시간이 지나가 버리는 것이 생의 유일한 소망인 양 앉아 있었다. 그러나 엄마가 없으면 유상이는 센스 넘치는 유머 감각을 발휘하고 속도 깊은 아이였다. 엄마의 고민은 유상이가 부모의 말을 들으려 하지 않고 대화도 피한다는 것이었는데, 유상이는 그것조차 관심이 없었다.

"왜 집에서는 말이 없어?"

"집에서요? 말하고 싶지 않아요. 내가 뭐 벙어리도 아니고. 부모님이 하는 말도 특별한 게 없어요. 다 아는 얘기를 자꾸 하는 거니까."

부모님과 유상이의 대화가 뜸해진 것은 초등학교 5학년 때부터였다. 유상이는 학원에 가기 싫어 거짓말을 하며 학원을 빠졌다. 집에는 오늘 수업이 없다고 거짓말을 했고, 학원에는 엄마가 쉬라고 했다며 양쪽에 '뻥'을 친 것이다. 그러다가 나중에는 엄마 휴대폰 번호가 바뀌었다며 학원에 자신의 바뀐 번호를 알려 주었다. 엄마는 결석을 알리는 메시지를 받지 못했고, 결석한 날에는 선생님에게 엄마인 척 결석 사유 메시지를 보내기도 했다. 가끔 학원에 가기도 했지만 가지 않은 날이 더 많았고, 지능적인 거짓말로 학원을 빠지는 일은 두 달 정도 지속되었다. 꼬리가 길면 밟히는 법. 이상하게 여긴 학원 선생님이 집으로 전화를 걸면서 첩보 영화에 가까웠던 '학원 결석 사건'은 마무리되었다.

당연히 유상이는 크게 혼났다. 부모님은 이 장기적인 '프로젝트'에 충격을 받을 수밖에 없었다. 호되게 매를 맞고 침대에 눕자 부모님의 싸우는 소리가 이어졌다. 자신 때문에 부모님이 싸운다는 자괴감을 견딜 수 있는 아이가 몇 명이나 있을까. 유상이는 귀를 틀어막고 있다가 이젠 싸움이 끝났겠지 싶어 살며시 손을 놓았다. 그 순간 또렷하게 들리는 아빠의 한마디.

"무슨 애가 저 모양이야!"

유상이가 잠든 줄 알고 한 말이었을 것이다. 유상이는 그대로 굳었다. 그 이후로는 웃음도 말도 사라졌다.

"진짜 충격이었어요. 그때까지는 진짜 내가 제일 잘났고, 그냥 무조건 예쁜 아들인 줄 알았거든요. 근데 부모님도 날 안 좋게 생각하는구나, 저게 진심이구나 싶은 거예요."

그 기억이 아직도 생생한 듯 다 큰 사내아이의 눈이 빨개졌다. 엄마는 어릴 때 아이의 습관을 잡는다며 심하게 혼냈던 것이 기를 죽인 것 같다고 걱정이었지만 진짜 속사정은 그게 아니었던 것이다.

"진짜 많이 혼났어요. 그래도 혼날 만하니까 혼났겠죠. 혼나면서도 엄마 아빠를 죽여 버릴 거라고 대들있거든요. 그런 말을 왜 했는지 모르겠어요. 어릴 때는 아무 생각이 없으니까……."

어린 시절 매를 맞고 혼난 사건은 유상이에게 그냥 '옛날 일'이었다. 그런데 "무슨 애가 저 모양이야!"라는 한마디는 지워지지 않는다고 했다.

"이상하고 더럽고 막 되게 싫은 걸 봤을 때 '저게 뭐야.' 그러잖아요. 부모님이 나한테도 그런 감정을 느끼는 것 같았어요."

이미 지난 일. 유상이는 그 진실을 부모님이 몰라도 상관없다고 했다. 그냥 부모님과 말을 털 하게 된 계기일 뿐이니까.

"그래, 그 일이 아니었어도 부모님과의 대화는 점점 줄어들었을 거야. 다른 친구들도 집에서 말 많이 안 하잖아?"

"맞아요. 집에서 말을 안 하니까 싸울 일도 없고 혼날 일도 없고 편해요."

유상이는 엄마가 별일도 아닌 것을 큰일이라도 난 것처럼 걱정을 늘어놓는 것이 더 이상하다고 했다. 오히려 유상이는 집과 밖에서 다른 자신이 고민이라고 했다. 집에서 말이 없는 생활이 길어지면서 그 차이는 점점 확연해지고 있었다.

보통 아이들은 학교에서 친구들을 만나면 온갖 요란을 떨며 하루를 보낸다. 수업 시간에도 소리 없는 장난이 이어지고, 쉬는 시간에는 교실 뒤에 항상 굴러다니는 바람 빠진 배구공과 쓰레기통으로 격정적인 경기를 펼치고, 점심시간에는 목숨이라도 걸린 듯 뛰어가 밥을 먹고, 남는 시간은 고함을 지르며 운동장을 누빈다. 하교 후 버스 정류장까지 걷는 길이며, 버스를 기다리는 동안, 버스를 탄 후에도 친구들과의 시시덕거림은 멈추지 않는다.

버스에서 내려 집으로 걷는 길. 터덜터덜 혼자 걸으며 유상이는 침묵을 준비한다. "다녀왔습니다." 형식적인 얼버무림, 처진 어깨에 내리깐 눈, 만사가 귀찮다는 태도가 집에서의 유상이다. 그 어색함 속에서 '이중인격자'라는 단어가 떠오르지 않을 사람이 얼마나 될까. 자신의 성격이 뒤틀어지는 것은 아닐까 내심 걱정이 많았던 모양이다.

"그러니까, 이중생활을 하고 있다는 말이지?"

"이중생활이요? 네."

부모에게 생긴 반감을 친구들을 괴롭히거나 선생님에게 함부로 구는 것으로 표현하는 아이들이 많다. 평소의 모습과 달리 표독스러운 언어로 인터넷 세상을 누비는 녀석들은 또 얼마나 많은가. 아이들은 대부분 부모에게 느끼는 원망, 자신 때문에 상처받은 이에게 미안한 마음을 의식하고 있다. 그럼에도 가장 두려워하는 것은 자신의 이중성이다. 어쩌면 그렇게 다를 수 있는지 스스로가 무서운 것이다.

"음, 너 같은 애들 많아."

"아, 진짜요?"

"집에서 속 편하게 할 말 다 하고 사는 애들이 몇 명이나 되겠니. 다 아닌 척, 모른 척 그냥 지나가는 거지. 사람마다 정도 차이가 날 뿐이지 친구들도 다 비슷할 거야."

나와 비슷한 누군가가 있다는 것, 내가 이상한 게 아니라는 것, 말 못할 심각함을 다른 이도 겪고 있다는 것, 그것도 많다는 것은 얼마나 반가운 일인가. 누군지도 모르는 그 친구들이 반갑고 안쓰러운 것이다. "너 같은 애들 많아."는 어떤 고민에도 통하는 안도의 말이다.

"둘 중에 어떤 게 진짜 너인 것 같니?"

"둘 중에요? 학교에서요."

'집에서요?', '둘 중에요?' 하며 한 번 더 묻는 것은 유상이의 습관이었다. 말문을 열기 위한 무의식적인 물음인 듯한데, 생각보다 말이 앞서는 외향적인 녀석들에게서 종종 나타난다. 유상이는 자신이 그러한 습관이 있는지도 모르고 있었다. 진지하게 자신의 말을 들어주는 사람과 대화할 일이 없어서 그랬으리라. 말을 하기 전에 속으로 '음' 하고 생각한 후 대답하려 노력하라고 충고했더니 진지하게 받아들였다.

"왜 학교가 더 편해?"

"음, 친구들이랑 있을 때가 더 편하니까요."

"하하, 둘 다 너야. 사람은 모습이 여러 가지니까. 사람마다 자주 드러나는 모습, 편한 모습이 있기는 하지. 그렇다고 그것만 자기 모습은 아니야."

학교, 집, 다시 학교, 집. 생활이 단조로운 청소년은 자신의 여러 모습을 경험할 기회가 없다. 게다가 매일 접하는 상황과 장소, 사람들에 변화가 없다 보니 자신이 드러내야 할 모습이 상황에 따라 확연히 달라진다. 유상이는 장소 이동에 따라 자신의 모습이 바뀌는 것이 습관화된 것뿐이다.

"상황이 독특한 거지 네가 이상한 건 아니야. 걱정하지 마. 그냥 네가 좋아하는 모습으로 살려고 노력해. 친구들과 신나게 어울리는 모습이 더 좋다면 그 모습으로 살면 되는 거야. 그게 너니까. 사람은 자주 드러나는 모습을 자신이라고 착각하거든. 평생 나의 좋은 면만 내놓고 살면 너는 평생 좋은 놈으로 살다 죽는 거야."

"그건 자신 있어요. 근데 학교에서 친구들이랑 잘 지내다가도 집에 갈 생각하면 웃음이 뚝 끊어져요."

"시간이 좀 필요할 거야. 차차 나아지겠지. 네가 받은 상처도 있으니까. 부모님 앞에서 '쎈 척'만 안 해도 훨씬 나아실 것 같은데?"

"하하 SC(쎈 척), 맞아요."

유상이는 평소 모습대로 쿨하게 마음을 털어 버렸다.

유상이에게 필요한 것은 시간이다. 우선 어린 시절 부모와 단절하게 된 한마디의 충격에서 벗어나야 하고, 어서 고등학교를 졸업해 다양한 자신의 모습과 부딪쳐야 한다. 그때까지 절묘한 이중생활을 잘 견디기를, 부모에 대한 반감 없이 어른스러운 마음을 지켜주기를 바랄 뿐이다.

사람은 누구나
여러 가지 모습을
갖고 있다

한 제자가 붓다에게 물었습니다.
"제 안에는 마치 두 마리 개가 살고 있는 것 같습니다.
한 마리는 매사에 긍정적이고 사랑스러우며 온순한 놈이고,
다른 한 마리는 아주 사납고 성질이 나쁘고
매사에 부정적인 놈입니다.
이 두 마리가 항상 제 안에서 싸우고 있습니다.
어떤 녀석이 이길까요?"
붓다는 잠시 침묵했습니다.
그러고는 아주 짧은 한마디를 건넸습니다.
"네가 먹이를 주는 놈이다."

– 존 고든, 『에너지 버스』 중

말을 잘하고 싶다고? 일단 그 마음부터 내려놓자

단정하고 차분한 엄마와 달리 세종이는 땀을 뻘뻘 흘리며 웃옷을 연신 펄럭거렸다. 첫 만남에서 이런 모습을 보이는 경우는 보통 엄마는 먼저 와서 기다리고, 아이는 학교(혹은 학원)를 마치고 급하게 뛰어온 경우이다.

"막 뛰어왔나 보네?"

"안 뛰었는데요."

"그럼 왜 이렇게 땀이 나?"

"아, 밥 먹었어요."

평화롭게 웃는 엄마. 아들 키우는 재미는 이런 맛이겠지.

"오랜만에 아들하고 외출하니까 맛있는 걸 사 주고 싶더라고요. 아빠, 동생한테는 비밀로 하고 우리 둘이 외식하자 했더니 짬뽕이 먹고 싶다고 해서요. 근처에서 먹고 올라왔어요."

"아, 저 원래 땀이 많아요. 화장실 갔다가 땀 나서 들어오면 반 애들이 똥 싸고 온 거 다 알아요."

그릇까지 먹을 기세로 짬뽕을 마시는(!) 세종이의 모습이 그려졌다. 평화로운 엄마의 표정을 보아 아들이 속을 썩이지는 않는 모양이다. 속이 썩을 만한 성적표를 들고 오기는 하겠지만 엄마는 "억지로 되는 일이 아니잖아요."라며 길게 생각했다. 역시 스트레스는 받아들이는 사람의 태도에 따라 무게감이 다르다. 그렇다면 이 상담은 세종이가 신청했을 가능성이 높았다.

털털하고 재미있는 세종이는 공부를 잘하고 싶다고 했다. 남자아이들 중에는 어느 순간 무섭게 공부를 시작하는 경우가 꽤 있다. 보통 고1, 고2 무렵인데, 이유는 제각각이다. 왜 갑자기 공부해야겠다는 생각이 들었느냐고 묻자 세종이는 제법 남자다운 대답을 했다.

"실력이 있어야 인정받을 수 있잖아요. 힘도 있고."

나는 세종이가 실천하기 좋은 공부 방법을 몇 가지 설명했다. 세종이는 진지하게 들었고, 어울리지 않게 수첩을 꺼내 메모도 했다.

스스로 즐거울 때 공부도 하게 될 거라는 엄마의 격려와 기다림이 열매를 맺는 순간이었다. 이야기를 정리하며 다른 질문은 없느냐고 묻자 세종이는 의외의 질문을 했다.

"말을 잘하고 싶어요."

"말? 지금 잘하고 있잖아."

"이렇게 하는 말 말고요. 사람들 앞에서 하는 말 있잖아요. 발표 같은 거."

"말은 왜 잘하고 싶은데?"

"아, 말 잘하는 사람들 멋있잖아요. 제일 부러워요. 선생님은 강의할 때 안 떨리세요?"

"왜 안 떨리겠어. 그냥 하는 거야."

"저는 머리가 딱 멈추는 것 같아요. 순서도 다 엉키고 그냥 생각나는 대로 이 말 저 말 하다 들어와요."

누구나 자신만 아는, 자신이 되고 싶은 모습이 있을 것이다. 공부도 잘하고 남들 앞에서 말도 잘하는 자신의 모습. 세종이가 자신에게 기대하는 것은 그런 모습인 듯했다. 인정받기 위한 공부, 멋있어 보이기 위한 말솜씨. 세종이는 외향적인 성향답게 겉으로 강하게 드러나는 모습을 그리고 있었다. 한창 자신의 모습을 그려 나가는 이 시기의 아이들에게 중요한 것은 더 강해지기 위한 방법이 아니라 그렇게 훌륭한 사람의 마음속에 무엇이 담겨야 하느냐이다.

"네가 왜 떠는 줄 아니?"

"왜요?"

"잘 보이고 싶으니까 떠는 거야. 내가 틀리면 선생님이 뭐라 생각할까, 친구들이 웃을 텐데, 뭐 이런저런 생각하니까 떨리는 거야. 친구들이랑 놀 때처럼 그저 재미있어 보이고 싶은 마음이라면 오히려 할 말 다 할 수 있을 텐데, 그렇지 않잖아."

"……."

"멋있어 보이고 싶다는 욕심이 생기면 불안할 수밖에 없어. 그것은 곧 평소에 네가 친구들이 발표할 때나 선생님이 실수할 때 웃음거리를 찾아서 요란하게 반응했다는 뜻이지. 내가 그렇지 않으면 남들이 그럴 거라고 생각하지도 않거든."

"아, 맞아요. 친구들 발표할 때 일부러 어려운 질문 하고 그러거든요. 그래서 애들이 제 순서를 막 벼르고 기다려요."

세종이는 잘난 척하고 싶은 자신의 모습을 깨달은 듯했다. 발표를 하며 친구들 앞에서 달달 떠는 자신의 모습이 얼마나 답답했을까. 그 위기감 때문에 친구들이 발표할 때마다 골탕을 먹였던 것이리라.

"난 지금 너랑 이야기하면서 너무 편하고 좋거든. 친구들 앞에서 말할 때도 이렇게 하면 되지 않을까? 아나운서 흉내 내려고 하지 말고 네가 말을 잘할 수 있는 분위기를 만들어 봐. '서서 발표하면 떨리니까 저도 앉아서 하겠습니다.' 하는 거야. 친구들이 자리를 틀어서 둥그런 모양을 하도록 제의해도 좋고. 그렇게 모여 앉으면 훨씬 편하잖아. 듣는 친구들도 자리를 옮기며 들을 준비를 할 거야."

"아하! 맞아요. 서서 하면 딱 굳어요."

세계적으로 유명한 연설가들이 얼마나 많은가. 잭 캔필드, 스티븐 코비, 마야 앙겔루 같은 세계적인 연사들은 한 번 강의에 1억 7천만 원 정도의 사례금을 받는다고 한다. 그 대단한 사람들도 자신이 편하게 말할 수 있는 환경을 끊임없이 조율해서 만든다. 조명이나 말하는 위치, 마이크 종류, 사람들과의 거리 등등. 그렇게 준비하니까 완벽해지는 것이다. 듣는 사람들은 아무도 그 사람이 잘난 척했다고 느끼지 않는다. 좋은 이야기를 들려주려는 그 사람의 표정과 태도, 세심한 자료에 삼농을 받는다. 우리도 그렇게 하면 되지 않을까. 내가 편하게 말할 수 있는 환경을 고민해서 만들어야 한다. 쉬는 시간에 자리 배치도 바꿔 놓고, 재미있는 이야기를 준비해서 친구들의 마음을 풀어준다. 그냥 멋져 보이고 싶다는 것만으로는 아무것도 이룰 수 없다.

씩씩하고 놀기 좋아하는 세종이가 멋진 자신의 모습을 그리기 시작했다는 것은 좋은 일이다. 그 마음 때문에 공부도 열심히 할 것이고 남들에게 잘 보이기 위한 노력도 할 것이다. 어디 세종이뿐일까. 세상 모든 청소년들이 마찬가지다. 돋아나는 열정에 부디 타인을 사랑하는 마음이 담기기를 바란다.

직접 하기에는 오글거리는 격려의 말을 문자로 보냈다.

"세종아, 말을 할 때는 좋은 내용을 담도록 해. 반 아이들의 마음과 생각을 헤아린다면 감동까지 줄 수 있을 거야. 점점 네 실력이 커지면 반 친구들뿐 아니라 세상 모든 사람들의 마음과 생각을 헤아리도록 노력해 보고. 분명히 세상 모든 사람의 박수를 받게 될 거다."

잠시 후 도착한 답문.

"넵!! 감사합니다. 얍얍!"

야무지게 대답하는 세종이의 모습이 그려졌다. 멋있고 인정받는 자신의 모습을 그리는 세종이. 앞으로는 전 세계 모든 사람에게 이로움을 주는 자신의 모습을 그려 나가길 응원한다.

말을 **잘하고** 싶다고?
일단 그 **마음**부터
내려놓자

내가 얼마나 성공했는지 알고 싶다면
나로 인해 행복해진 사람들이
얼마나 되는지 헤아려 보면 된다.
오늘도
온 우주는 나의 하루만큼 행복해져야 한다.

소심한 내가 싫을 때

1

　중1 남학생과 어머니가 함께 왔다. 단정한 교복에 편안한 표정, 반듯한 자세. 여기까지만 보아도 이 학생의 가정생활을 짐작할 수 있다. 성적표에는 예상대로 우월한 숫자들이 자리 잡고 있었다. 상담 중 선생님 목마르다며 물을 떠다 주는 센스를 발휘하기도 했다. 말로만 듣던 '엄친아'인 셈. 공부, 진학, 생활, 친구 등 한참 이런저런 이야기를 나누고 상담을 마칠 무렵 다른 질문 없느냐는 말에 이 엄친아는 숨겨 두었던 한마디를 꺼냈다.

　"활발한 성격으로 바꾸려면 어떻게 해야 돼요?"

2

한겨레 교육문화센터에서 중고등학생들과 학습 컨설팅을 하는 프로그램이 있었다. 한 대학생이 찾아와 나를 꼭 만나고 싶다고 했다. 담당자 말에 의하면, 어떤 대학생이 전화를 걸어 자신도 신청할 수 있느냐고 물었다는 것이다. 놀기도 바쁜 대학생이 학습 컨설팅이라니. 참 유별난 학생이라는 생각이 들었다.

이야기를 들어 보니 대학 생활에 흥미를 느끼지 못하고 한 학기만에 휴학한 고민 많은 청춘이었다. 평소 자신처럼 힘들어하는 청소년을 돕고 싶다는 생각을 많이 했는데 우연히 내 책을 읽고는 이 선생님 같은 전문가가 되겠다는 생각을 했다는 것. 나를 모델로 삼고자 한다니 오히려 내가 고마웠다. 다시 시작할 대학 생활, 공부에 대한 자신감, 전공 공부, 읽으면 좋을 책 등 한참 이런저런 이야기를 나누었다. 학생의 마지막 질문은 이것이었다.

"선생님은 성격을 바꿔 보려고 한 적 없으세요?"

사춘기란 얼마나 놀라운 시기인지 어릴 때는 별 관심도 없었던 성격까지 고민하게 한다. 이 시기를 지내며 십대들은 '나도 저런 성격을 갖고 싶다.'는 생각을 하는데, 자신의 성격을 바꾸고 싶다는 아이들 대부분은 조용한 성향을 지닌다. 중학교 1학년도, 대학생도 그 답답함을 호소한다. 선생님께 질문 하나 할 때도 '지금 손 들어도 될까?', '그런 걸 묻는다고 혼나면 어떡하지?' 소심하게 머뭇거리다가 결국 한마디도 못하고 마는데, 어딜 가나 친구들을 금방 만들고 선생님들과도 어렵지 않게 농담을 섞을 줄 아는 서글서글한 녀석들이 얼마나 호쾌해 보이겠는가. 많은 사람을 만나고 신나게 세상을 겪으며 멋지게 살고 싶은 마음이 이렇게 큰데, 성격이 따라 주지 않으니 자신이 싫어질 만도 하다.

나도 그랬다. 어릴 때는 어른들 앞에서 노래도 부르고 재롱을 부려야 용돈 등 각종 혜택(?)을 받을 수 있음에도 그러지 못했다. 주변 사람들이 "이 집 딸은 참 착해."라고 칭찬을 해도 엄마는 그리 좋아하지 않았다.

"착하다는 말은 좋은 말이 아니야. 하고 싶은 말이 있으면 똑 부러지게 할 줄도 알아야지. 남이 뭐라 해도 그냥 가만히만 있을 거야? 그건 착한 게 아니야."

이 험한 세상. 사람들 앞에서는 제대로 고개도 못 드는 딸이 얼마나 안타까우셨을까.

'왜 나는 친구들처럼 앞에 나가 노래도 부르고 춤추지 못할까?'

'저 아이는 어떻게 모르는 친구들에게도 말을 잘 걸까?'

어른들에게 또랑또랑하게 말을 잘도 하는 친구들, 선생님과 친하게 지내는 친구들이 늘 부러웠다. 소심하고 생각 많고, 대놓고 말하지 못하는 나의 무기력함에 진절머리가 나기도 했다.

중학교 2학년 때 드디어 기회가 왔다. 전학을 가게 된 것. 새 학교 친구들은 내가 어떤 아이인지 모를 테니 활발한 학생으로 변신할 생각이었다. 학년이 올라감과 동시에 한 전학이라 친구들은 내가 전학생인지조차 몰랐다. 나의 '오버 연기'는 성공적이었다. 많은 친구들과 어울리고, 크게 웃고 떠들며 몰려다녔다. 서너 명 어울리던 무리는 일곱 명으로 늘어났고 나중에는 열세 명이나 되어 태어나서 처음으로 제법 북적거리는 무리에 섞이는 우월감을 만끽하기도 했다.

이상하게도 한두 달이 지나지 그 생활도 그리 상쾌하지만은 않았다. 내 모습은 점점 이중적으로 변했다. 학교에서 친구들과 어울릴 때는 분위기와 재미를 위해 심한 욕도 입에 담았다. 술, 담배, 음란물에 손을 대는 친구들 사이에서는 센 척도 필요했으니까. 그리고 집에 돌아오면 다시 조용해졌다. 집에 온 손님들 앞에서 말 한마디 못하는 원래 내 모습은 그대로였던 것이다. 집에서는 모범생, 학교에서는 날라리. 그 혼란 속에서 도대체 어떤 내가 진짜인지 헷갈렸다. 부모님께는 비밀이 많아졌다. 무언가 자신이 없으니 무뚝뚝해져만 갔다. 그러다가도 친구들 무리에 섞이면 거친 심성이 날

뛰었다.

어느새 한 학기가 다 지나고 기말고사 성적표가 나오던 날, 나는 무언가 잘못되어 가고 있다는 것을 직감했다. 오버 연기를 하며 이중생활을 가까스로 버티고 지냈으니 공부는 제대로 했겠는가. 중간고사 때는 12등 정도 했던 성적이 기말고사 때는 32등으로 떨어져 있었다. 함께 어울리던 친구 중 몇 명은 선생님에게 자퇴를 권유받을 만큼 상황이 심각했다. 성적 추락과 친구들의 비행을 보며 의기소침해진 후로는 친구들과 큰 소리로 떠들 의욕도 없었다. 여름방학이 지나자 나는 점차 원래의 내 모습으로 돌아오게 되었다.

큰 목소리, 많은 친구들, 교실을 휘젓는 인기. 나는 그저 겉으로 드러나는 것만을 따라하려 했던 것이다. 그것을 위해 어떠한 자기 관리가 필요한지는 생각하지 못했다. 지긋지긋한 내 성격에서 도망치고만 싶었다. 미련하게도 생각 없이 도망치다 진창에 빠지고 터덜터덜 다시 돌아오는 모양새였다.

사람마다 얼굴 모양이 다르듯 마음의 모양도 다르다. 마음에 따라 생활과 공부, 친구 관계가 빼곡히 얽혀 있으니, 어느 하나를 툭 잘라내 하루아침에 후딱 바꿀 수 있는 문제가 아니다. 많은 친구들이 부러웠다면 여러 명을 한꺼번에 휘어잡기보다 한 명씩 말을 걸고 사귀어 천천히 친구를 늘려 나가는 방법이 훨씬 자연스럽지 않앉을까. 활발한 행동이 부러웠다면 오버하며 욕 담긴 말을 늘어놓을 것이 아니라 노래나 춤을 연습해 친구들 앞에서 선보이며 환호를 받는 것이 훨씬 멋졌을 것이다. 다시 생각해도 아쉽다.

이렇게 실패한 나와는 달리 노력으로 성격 바꾸기에 성공한 사람이 있다. 개그맨 이봉원 씨.

어린 시절에는 하루 종일 한마디도 하지 않고 교실 구석에 조용히 앉아만 있던 학생이었다고 한다. 중학교를 졸업하면서는 다르게 살고 싶다는 생각에 일부러 친구들이 잘 가지 않던 전문계 고등학교에 지원했다. 과거의 자신을 모르는 곳에서 새로 시작하고 싶었던 것이다. 얼핏 전학을 핑계로 달라지고 싶었던 나와 비슷한 것 같지만, 고등학교 진학을 비인기 학교로 결정할 만큼 의지가 강했던 것을 보면 시작부터 차원이 달랐다.

고등학교에 진학한 후에는 여러 가지 노력을 했다고 한다. 선생님의 질문에 답을 몰라도 손을 번쩍 들어 웃긴 말이라도 한마디 꼭 했는데, 떨며 손을 들었지만 친구들이 와르르 웃으면 힘이 났던 것이다. 영화나 텔레비전에서 본 것을 재미있게 각색해서 친구들에게 들려주고, 학교 행사 때는 춤도 추고 콩트도 하며 자신의 모습을 만들어 나갔단다.

이봉원 씨도 처음에는 오버 연기가 이상했을 거다. 그러나 친구들의 웃음과 박수가 힘을 주었고 결국 개그맨으로 성공할 만큼 역량을 키워 냈다. 나 역시 오버 연기가 이상했지만 어색함을 감추기 위해 말마다 욕을 섞어 강해 보이려고 했다. 그 결과 성적은 추락하고, 이중적인 모습에 스스로 좌절하고, 성격 바꾸기도 결국 실패했다. 주변 사람들에게 웃음을 주었느냐 위협을 주었느냐가 이렇게 큰 차이를 만들어 낸 것이다.

그 후로 지금까지 나는 쭉 내향적인 성격으로 살고 있다. 하나님이 나타나 나에게 지금의 성격 대신 외향적인 성격을 준다고 하면 나는 뭐라고 대답할까. "지금 이대로가 좋습니다." 하고 거절할 거다. 진심으로 이 조용하고 소심한 성격이 좋기 때문이다. 많은 친구들, 사람들의 관심, 멋지게 드러나는 내 모습도 좋지만, 내 안에 있는 나를 만나는 재미에 비하면 아무것도 아니다.

내면을 들여다보고 생각을 정리하는 통찰의 힘, 새소리와 바람의 흐름에서 미소를 발견할 수 있는 섬세함, 누군가의 이야기를 조용히 들어줄 수 있는 느긋함. 이 모든 것은 내가 내향적인 성격이기에 가능하다. 젊은 나이에 열 권이 넘는 책을 쓸 수 있었던 것도 조용히 내 시간에 집중하는 내향성 덕분이다. 활발함이 필요한 강연보다 책을 통해 더 많은 사람들이 나를 만나고 있다.

자, 성격을 바꾸고 싶어 고민인 친구들, 힌트를 좀 얻었는가? 얼마든지 달라질 수 있다. 단, 주변 사람들에게 즐거움을 주고 나도 즐거운 방법이어야 한다. 물론 노력해야 한다. 하지만 결국에는 알게 될 것이다. 내 성격이 바뀐 것이 아니라 본래 내 성격을 잘 키워낸 성과라는 것을.

조용하고 소심한 내 마음을 사랑하자. 아직은 어려서 힘이 없는 것일 뿐, 잘 다스려 키우면 누구보다 강하고 멋있는 나로 만들어 줄 것이다.

소심한 내가 싫을 때

조물주가 각양각색의 새를 만들어 세계 곳곳에 날려 보냈다고 한다.
그런데 새들은 입이 비쭉 나왔다.
"왜 우리 다리는 힘도 없이 가느다란 것입니까?"
"그리고 옆구리에 달린 이 거추장스러운 것은 뭔가요?"
조물주는 빙그레 웃으며 말했다.
"그것을 펼쳐 날아 보아라."
독수리가 제일 먼저 날개를 펄럭였다.
거짓말처럼 온몸이 가볍게 떠올랐다.
날개를 펴자 창공이 다 품에 들어왔다.
얇고 약한 다리도 전혀 불편하지 않았다.

있는지도 몰랐던, 거추장스럽기만 했던 가능성.
나의 '날개'는 무엇일까?
아직 모르겠다면
늘 불만인 '약하고 얇은 다리'에서 힌트를 얻자.

넌 꿈이 뭐야? 몰라!

"선생님은 어렸을 때부터 이 일을 할 거라고 생각하셨어요?"

가끔 학생들이 묻는 말이다. 자신의 진학과 진로를 고민하다 보면 주변 사람들을 둘러보게 마련이고, 문득 대하기 편한 선생님에게 어느 대학을 졸업했느냐, 책은 어떻게 쓰는 것이냐, 강의할 때 떨리진 않느냐 등등을 묻는다.

"아니. 어렸을 때는 이런 일이 있는지도 몰랐지."

"그럼 언제부터 생각했어요?"

"대학교 졸업하고 나서."

"헐~ 그럼 어렸을 때 꿈은 뭐였어요?"

녀석. 단순한 궁금증이 아닌가 보다. 자신의 상황과 비교해 보고 싶은 것이리라. 나는 지원이의 질문에 순순히 답했다.

"어렸을 때는 의사도 되고 싶었고 법관, 컴퓨터 공학자, 이것저것 꿈이 많았던 것 같아."

"선생님도 저랑 비슷했네요."

어디 지원이만 그럴까. 요즘 아이들을 보면 나의 청소년기와 크게 다르지 않다는 생각을 떨칠 수가 없다. 자유롭게 꿈꾸는 것이 왜 그토록 어려웠을까. 없으면 없는 대로, 있으면 그저 즐겁게 누리면 되었을 텐데. 꿈이 있을 때는 못 이룰까 전전긍긍, 꿈이 없을 때는 없어서 불안불안. 진로 설계가 무슨 어장 관리도 아닌데, 뭐라도 하나 있어야 할 것 같아 몇 가지 후보를 마음속에 담고 상황에 따라 이것저것을 쫓아다닌다.

아버지는 종종 나에게 꿈이 뭐냐고 물으셨다. 입시의 잔혹함을 알기 전에는 의사가 되겠다느니, 우리나라는 크게 성공하기에 좁으니 외국에 나가서 살겠다느니 겁도 없이 지껄였는데, 중3이 지나면서 "몰라."로 일관했다. 아버지는 그런 나를 안타까워하셨다.

"넌 왜 항상 모르겠다고 하니? 꼭 이루지 못하더라도 꿈은 크게 꿔야 하는 거야. 꼭 그 꿈을 이루지 못하더라도 꿈을 향해 가다 보면 비슷한 것은 이루는 법이야. 그런데 아무 꿈도 없으면 어쩌냐."

대충 중상위권(운 좋으면 상위권)의 성적을 내던 나는 그저 외고를 가고 싶었다. 과고는 엄청나게 공부를 잘하는 애들이나 가는 학교였으니 나는 해당 사항이 없었고, 왠지 수학, 과학을 열심히 하기도 싫었기 때문이다. 그렇다고 외국어 분야에 특별한 꿈이 있었다거나 재능을 보인 것도 아니다. 그저 좋은 학교이니 가고 싶었을 뿐. 중3이든 고3이든 진학을 앞둔 이들에게는 진로 연계성이니 진학 동기니 하는 것은 그 순간 만들면 그만이다.

어린 시절 나의 꿈은 의사가 되는 거였다. 왜 그랬을까. 친척 중에 직업이 의사인 사람이 있는 것도 아니고, 멋진 의사가 나오는 드라마를 본 기억도 없다. 의사가 되려면 이과 공부를 해야 할 텐데 외고는 또 뭔가. 나의 진로 선택은 그저 좋은 것은 다 갖고 싶은 욕심이었다. 그런데 아버지는 내가 법조인이 되기를 원하셨다. '돈 없고 빽 없이' 살아온 삶이 시러웠기 때문이다.

나는 의사와 법관, 외고 사이에서 혼란스러웠다. 진로를 고민하는 모든 학생의 고민일 것이다. 학교 간판, 어린 시절의 꿈, 부모님의 기대, 입시의 유리함 사이에서 진정한 자아는 설 자리가 없다.

고등학교 진학을 앞두고 자신의 갈 길을 진지하게 고민하는 열여섯 살들에게는 미래를 내다볼 현안 같은 것은 없다. 고작 16년을

45

살았는데 어찌 20년, 30년 후를 생각하겠는가. 어떻게든 살아가겠지. 나를 행복하게 만들 꿈, 나로 인해 세상이 아름다워지는 꿈, 그런 질적인 고민은 쉽지 않다. 꿈꾸는 것마저 물질만능주의가 지배해 꿈이란 그저 좋은 것이면 무엇이든 다 모아 두는 '욕망 선물 세트'에 지나지 않는다.

이런저런 이유로 무척 혼란스럽지만 결국 중3의 선택은 단순하다. 그 학교가 유명한가, 내신 따기에 너무 힘들지 않은가, 뭐 그런 것들이다. 이렇게 중3 2학기는 태어나 처음으로 삶의 진지함을 겪으며 지나간다.

그러다가 어찌어찌 고등학교에 입학하면 다시 원상태다. 인생은 수능이고 수능은 아직 3년이나 남지 않았는가. 철부지 1학년이 되어 탱자탱자 몇 개월을 보내다가 다시 진지해지는 시기는 문과로 갈지 이과로 갈지 선택할 무렵이다. 혼란스러움의 연속이지만 결국 열일곱 살의 피부에 와 닿는 고민은 수학, 과학 공부가 쉬우냐 국어, 영어 공부가 쉬우냐이다.

나는 문과를 택했다. 공부하는 것으로만 친다면 영어보다 수학이 재미있지만, 점수는 영어가 잘 나왔기 때문이다. 끝도 없이 파고드는 수학, 과학의 세계가 두려웠고, 조금만 어려워져도 풀지 못하는 수학 문제에 이미 정이 떨어졌기 때문이다.

문과를 선택한 후에도 의사가 되고 싶은 어릴 적 꿈은 마음속에 그대로 있었다. 2학년 말 전과를 진지하게 고민했으나 곧 그만두었다. 반 편성을 다시 하고, 교무실에 오가고, 교과서를 다시 신청하고, 친구들의 주목을 받고, 그 결과가 지겨운 수학, 과학 공부를 더 많이 해야 하는 수고가 생기는데, 이를 모두 이겨 낼 만큼 나의 의욕이 크지 않았기 때문이다. 한 가지 우스운 것은 그때까지 나의 성적은 전국 어느 의대라도 진학할 만한 성적이 절대 아니었다는 점이다. 그래도 꿈은 꿈이지 않은가. 나는 나의 선택이 실현 가능성을 좁히는 것 같아 내 꿈에게 미안한 마음이 들었다.

　어쨌든 나의 진로는 법조인으로 유지되었다. 달리 하고 싶은 것도, 관심이 생기는 것도 없었다. 그렇게 고3이 되어 대입 입시를 쓸 때가 되자 내 마음속에서는 이제 정말 마지막 기회일지도 모른다는 조바심이 생겼다. 의사 선생님이 되고 싶던 어린 시절의 꿈. 의대는 문과, 이과 교차 지원의 폭이 좁다. 그런데 내 성적은 전국 어느 의대에도 합격할 만큼 높지 않았다. 입시 전형 자료를 이 잡듯 뒤진 결과 부산의 한 의대에서 면접 100%로 한 명을 선발한다는 것을 알아냈다. 문과인지 이과인지도 따지지 않고, 수능 성적도 따지지 않은 채 그저 면접이라니. 나는 다시 진지해졌다. 선생님은 뭐라 하실까. 겉으로야 해보라 하겠지만 속으로는 웃으시겠지. 그래도 상관없다. 선생님이야 졸업하면 끝이고 나는 내 인생을 죽을 때까지 이끌 사람이니 주변 사람들의 '썩소'쯤은 얼마든지 이겨 낼 수 있었다.

부모님의 반응은 나보다 더 진지했다. 만약 붙으면 부산에 있는 학교를 어떻게 다닐 거냐고 물으셨다. 사실 간사한 내 마음속에서는 그것이 좀 걸리긴 했다. 아무리 의대라지만 부산은 너무 멀지 않은가. 열아홉 살 소녀에게 태어나고 자란 서울을 벗어난다는 것은 두려움이기도 했고 귀찮음이기도 했다. 자취? 하숙? 기숙사? 단 한 번도 생각해 보지 않은 일이다.

"그 학교에 간다면 부산으로 이사를 가야 하지 않겠니? 너 혼자 부산에 있는 학교를 몇 년 동안 어떻게 다니니?"

아버지의 말씀에 정신이 번쩍 들었다. 진로는 단지 선택의 문제가 아니었다. 생각보다 복잡했고, 이런저런 책에서 읽은 것보다 훨씬 현실적이었다. 진로 고민은 나의 생활, 가족, 고정관념, 마음속의 진심 등 모든 것을 수면 위로 끌어올려 살피는 과정이었다. 큰 꿈이라는 탈을 쓴 내 욕심은 얼마나 간사한가. 어린 시절부터 꾸어 온 꿈이라고 믿었던 것조차 내 일상의 편리함을 벗어나면서까지 달려갈 만큼 간절했던 것은 아닌 모양이었다. 사람 마음은 얼마나 우스운지. 결국 나는 단 한 명 뽑느라 합격 가능성도 희박하고, 면접 100%라고는 하나 성적이나 문과, 이과인지를 따질 것이라는 합리적인 이유를 내세워 지원을 그만두었다. 그러고는 곧 'In 서울'을 향한 현실적인 원서 쓰기에 몰두했다. 결국 나는 아버지의 오랜 바람대로 법대생이 되었다.

대학생이 된 첫 해는 대학 생활의 재미를 즐기느라 진로 고민이니 꿈이니 했던 심각함은 다 잊고 살았다. 그 후 휴학을 반복하며 2년 동안 고시 공부를 했지만 결과는 좋지 않았다. 조금 더 공부를 했다면 법관의 꿈을 이룰 수도 있지 않았을까. 그럴 수 없었을 것 같다. 마음의 힘이 약한 사람은 자신을 넘어설 수 없기 때문이다. 고시 공부를 하면서도 법관이 진짜 내가 원하는 꿈인지, 그저 아버지가 하라니까 하는 공부인지 답답했나. 내 안에서 마음이 모아지지 않는데 어찌 나를 이기는 실력이 나올 수 있겠는가. 우수한 두뇌들이 치열하게 삶을 걸고 공부하는 고시촌에서 나 같은 어정쩡이는 경쟁률 높이는 데나 공을 세울 뿐이었다. 나는 미련 없이 그간의 공부를 털어 버렸다.

하지만 현실은 민망했다. 대학은 졸업도 못 했고, 부모님이 원하던 고시 공부를 그만둔다고 했으니 학비며 용돈을 받아 쓰기도 죄송스러웠다. 인생은 얼마나 마술 같은지, 내 꿈은 이 무렵부터 피어나기 시작했다. 학비를 마련하려고 학생들을 가르치는 아르바이트를 했는데, 나에게는 잘 맞았다. 대학 공부보다 아르바이트가 더 재미있을 지경이었고, 그 경험과 아이디어를 살려 대학을 졸업하기도 전에 인턴 생활을 시작했다.

졸업한 후에는 조금의 취업 전쟁도 치르지 않고 교육 회사에 입사, 그 다음 해에 바로 나의 첫 번째 책이 출간되었다. 학생들 한 명 한 명의 마음을 헤아리는 것, 그것을 기반으로 공부 방법을 알려 주고 그 이야기를 글로, 강의로 풀어내는 일은 어느 책에도 나와 있지 않은 나의 진로가 되었다.

의사, 법관의 꿈은 어디로 갔느냐고? 법관은 아버지의 강권으로 꾼 타율적인(?) 꿈이니 미련 없이 놓아 버렸다. 그러나 의사라는 직업은 참으로 탐이 난다. EBS의 「명의」라는 프로그램을 보면 최고의 실력을 가진 의사 선생님들의 이야기를 만날 수 있는데, 몸을 치료하는 의술은 물론 마음의 상처까지 보듬는 모습에서 큰 감동을 받곤 한다. 하지만 나는 요리를 하려고 생선이나 닭고기를 만질 때도 손을 발발 떤다. 의대에 갈 만한 성적이 된다고 해서 의사의 직무 수행에 필요한 적성이 있다는 뜻은 아닐 것이다.

나는 왜 그토록 의사라는 직업에 끌리는 것일까. 돈벌이나 명예로 치자면 의사보다 나은 직업은 얼마든지 많지 않은가. 내가 의사라는 직업을 좋아하는 이유는 고통받는 사람들을 치료하고 그들의 서러운 마음을 위로할 수 있기 때문일 것이다. 하지만 그 가치를 이룰 수 있는 직업이 어디 의사 하나뿐일까. 아는 직업이 몇 개 없던 어린 시절에는 그 가치를 '의사'라는 직업으로 꿈꿀 수밖에 없었다. 나는 지금 공부하느라 지친 청소년들을 위로하고 적절한 실천 방법을 알려 주어 상한 마음을 스스로 치료하도록 돕는다. 의사는 아니지만 내가 의사가 되어 이루고 싶었던 가치를 이루는 중이다. 이것이 꿈이 이루어진 것이 아니고 무엇인가.

청소년기의 진로 고민은 허술하기 짝이 없다. 화려하고 인정받고 돈 많이 버는 직업을 자기 꿈으로 정하고 부모님께 효도하겠다는 둥 좋은 일을 하겠다는 둥 아름다운 이유들을 댄다. 명확한 꿈을 정하라는 주변의 아우성은 얼마나 큰 부담인가. 원래 그런 거다. 신나게 꿈꿔 봤자 결국 성적으로 결정되는 현실도 무시할 수 없고, 내가 무엇을 해야 가장 행복한지 아직 모르는 것도 당연하다.

꿈이 뭔지 모르는 것도 자연스럽다. 꿈도 없는 자신이 싫어 어린 시절의 꿈을 억지로 끌고 다니는 것도, 유망 직업을 꿈으로 정하고 그 꿈이 내가 진짜 원하는 것인지 혼란스러워하는 것도 괜찮다. 다른 친구들은 다들 나름의 꿈을 정해 놓고 있는 것 같지만 사실은 오십보백보이다. 부모가 주입해 놓은 꿈이거나, 감동적인 토크쇼를 보고 비슷한 꿈을 만들었거나, 누가 물어볼 때마다 폼 나게 답하기 위해 그냥 보관하는 꿈도 있다. 어릴 때부터 확실히 꿈을 정한 사람도 있겠지만 이런저런 경험을 하고 생각을 거친 후에 서서히 꿈을 발견하는 사람이 훨씬 많다.

나 역시 서른을 훌쩍 넘긴 아줌마가 되어서야 글쓰기, 말하기, 인상 깊은 경험 기억하기, 감동하기, 혼자 이것저것 생각하기 같은 나의 사소한 재능이 어떻게 나를 만들어 가는지 조금씩 알기 시작했다. 지금도 꿈을 꾸는 중이며 아직도 서툴다.

내가 고민할 만큼 고민하고, 갈등할 만큼 갈등하고 힘들었으면 그것으로 충분하다. 내 힘으로 안 될 때는 그저 즐기며 기다리는 수밖에. 내 사랑하는 연인이 영화처럼 나타날 것을 갈망하듯 내 꿈을 기다리자. 내 인생을 모두 걸어도 아깝지 않을 소중한 꿈이지 않은가. 나를 들여다보고 세상을 들여다보면 결국 찾을 수 있을 것이다. 나는 이 우주에 단 하나밖에 없는 존재이니 세상에서 나만 이룰 수 있는 무언가가 분명 있을 것이다.

넌 꿈이 뭐야?
몰라!

여유를 갖자.
큰 숨 한번 들이쉬고 천천히 꿈을 꾸자.
꿈은 어느 순간에 갑자기 정할 수 없는 거니까.
꿈은 단어 몇 개로 깔끔하게 말할 수 없는 거니까.
꿈이란 나를 완성해 가기 위해 수없이 변하는 그 무엇이다.
이루어질 만하면 더 큰 꿈으로 변해
끝내 이룰 수 없는 그 무엇이기도 하다.

그냥 그런 날도 있는 거지 뭐

서너 살짜리 꼬맹이들이 각 티슈를 한 통 다 뽑아 온통 널어 놓았을 때, 젊은 엄마는 "너 이놈의……." 하며 혈압이 올라가지만, 세상만사 다 겪은 할머니는 "다 그러면서 크는 거다." 하고 아이와 엄마를 모두 달랜다. 청소년들을 만나다 보면 나도 할머니의 마음을 가져야 할 때가 있다. 바로 오늘 같은 날!

약속 시간이 30분이나 지났는데 학생이 오지 않는다. 상담 시간 경쟁이 치열한 놀토 오전. 꼭 그 시간이어야 한다는 녀석의 부탁에 어렵게 시간을 조절했더니 늦는다 어쩐다 연락도 없다. '그렇게 간절히 바라던 시간이었으면서 메모도 안 해 놨나? 괜히 나만 조바심이 나서 약속 시간 옮기느라 내 신뢰만 깨진 것 아닌가?' 별 생각이 다 든다.

솟아나는 화딱지를 진정시키고 "오늘 열시 반이었는데 깜빡했나 보구나."라고 메시지를 보냈더니 잼싸게 달려오겠단다. '그래, 그런 날도 있지. 놀토 오전이니 늦잠이 얼마나 달콤할까. 숙제에 학원에 치이다 보면 불규칙적인 상담 시간은 깜빡할 수도 있을 거야. 실수가 없는 것도 이상하지. 그러면서 크는 거지 뭐.' 도 닦는 마음으로 다시 학생을 기다린다.

나의 마음이 가라앉기를 기다렸다는 듯이 휴대폰 문자 메시지가 울린다. 오랜만에 연락을 하는 녀석이다. "신생님, 지금 통화하실 수 있으세요?" 이 갑작스러움 또한 얼마나 십대다운지. 아이들이 이렇게 갑작스럽게 연락을 하는 이유는 대략 세 가지 정도이다. 시험을 코앞에 두고 다 하지 못한 공부를 어떻게 해야 할지 답답해 미칠 지경이거나, 내일까지 적어 내야 하는 문과, 이과 결정이나 희망 학교, 선택 과목 등을 고민하다 혼자 답을 낼 수가 없거나, 딱히 뭐라 할 이유는 없지만 그냥 마음이 답답하고 힘이 들어 누군가와 이야기를 하고 싶은 경우이다. 가장 많은 경우는 세 번째 '그냥'이다.

'그냥' 만큼 완벽한 이유가 또 있을까. 이런저런 생각이 많아 이유 하나를 꼭 집을 수 없을 때도 '그냥'이고, 뭣 때문인지 모르지만 혼란스러울 때도 '그냥'이다. "선생님, 저 오늘 너무 힘들었어요." 이 말 뒤에 참으로 부적절한 줄 알면서도 나는 어쩔 수 없이 "왜, 무슨 일 있었어?"를 붙인다. 그러면 어김없이 "아뇨. 무슨 일은 없었는데요. 그냥 힘들었어요."가 따라 나오기 마련. 살다 보면 그냥 그럴 때가 있다. 사춘기를 넘겨 자기만의 고뇌에 빠질 만큼 성숙했다는 증거이다.

이번에는 어떤 답답함일까. 어차피 기다리는 시간이니 주저 없이 전화를 걸었다.

"선생님, 저 오늘 너무 힘들었어요."

"왜, 무슨 일 있었어?"

"아뇨. 별일은 없었고요. 수학 문제 풀고 있는데 갑자기 내가 지금 뭐 하고 있나 싶은 거예요. 기운도 쭉 빠지고 별별 생각이 다 나서 지금까지 아무것도 못 하고 있어요. 미쳤나 봐요."

"진짜 미쳤나 보다."

"아, 선생님 뭐예요."

"친구들한테 전화해서 수다 좀 떨어."

"전화했는데요. 다 자기 얘기만 하다 끊어요."

"하긴, 내 속 알아주는 사람이 세상에 어디 있냐. 일단 자는 게 제일 좋은데. 지금 어디야?"

"영어 과외 샘네요."

"아침에 눈뜨자마자 거길 간 거야?"

"이제 집에 가려고요. 오늘 진짜 공부 안 된다고 자습하자고 막 졸라가지고 수업은 안 했는데요. 샘이 왜 그러냐고 잔소리했어요. 아, 진짜, 제가 졸라서 쉰 게 아니라 샘이 화나서 수업 안 한 것 같아요. 오늘 영어 수업까지 했으면 진짜 폭발했을 거예요."

"자습하면서 뭘 했는데?"

"다음 주에 영어 수행 있어서 그거 외우고 있었어요."

"아이고, 고생했다. 그게 외워지디? 그냥 이유 없이 그런 날이 있어. 피곤이 쌓여서 그럴 수도 있고. 나도 날씨가 조금만 흐려도 일하기 싫은데 너희들이야 오죽하겠니. 너무 힘든 날은 학원이고 과외고 나누고 푹 쉬어. 잘 쉬어야 오래 뛴다."

"네."

"어서 가방 싸. 집까지 멀지 않으면 버스 타지 말고 좀 걸어라. 시원한 공기 마시면서 걸으면 괜찮아질 거야. 푹 자고."

"네, 고맙습니다."

그래, 그냥 그런 날이 있다. 어떻게 매일이 보람차고 아름다울 수 있겠는가. 어떤 날은 하루 종일 모의고사에 오답 노트까지 정리하며 진이 다 빠지고, 어떤 날은 있는 동전 다 긁어모아 딸기우유 하나 사 먹고 즐거워하는 날도 있다. 몇 시간이고 창밖에 비 오는 걸 바라보아도 좋고, 싸다며 엄마가 한 자루나 사다 놓은 마늘을 온몸에 냄새 배도록 까고 있어도 좋다. 드라마나 영화는 우리의 삶이 특별한 일상의 연속인 것처럼 보여주지만, 사실 우리 삶은 대부분이 여백이다. 내가 왜 이러고 있나 하고 불안할 것도 없고 인생이 뭐 이따위냐며 지루해 할 것도 없다.

우리가 아주 어렸을 때 뛰다가 넘어질 때마다 엄마가 해주었던 말을 기억하는지? "괜찮아, 일어나." 이제 넘어지지 않고 잘 뛸 수 있지만 우리 마음은 아직도 넘어질 때가 많다. 수도 없이 들었던 저 말은 아직도 유효하다. 괜찮으니 털고 일어나자. '내일은 괜찮아질 거야. 밖에 나가 산책 좀 하고 와야지.'라고 나를 다독이는 수밖에.

통화를 마치고 잠시 생각에 빠져 있으려니 헉헉거리며 지각생이 등장했다. 문득 눈에 보이지 않는 우주의 섭리 같은 것이 느껴졌다. 더 급한 학생과 통화하라고 자신의 시간을 내준 것일지도 모른다는. 미안하다는 녀석에게 나는 절묘한 한마디를 건넸다.

"괜찮아, 그냥 그런 날도 있는 거지 뭐."

그냥 그런 날도
있는 거지 뭐

성적이 같은 초등학교 6학년 학생들.
중학교에 입학한 후 성적이 어떻게 변하는지 관찰했다.
한 집단은 성적이 오르고, 한 집단은 성적이 떨어졌는데
그 요인은 아이큐도, 사교육도, 부모의 태도도 아닌
'감정 관리 능력'이었다고 한다.

첫 번째 공감 이야기

버스 정류장에서

교통카드가 없을 때는 버스를 기다리며 문득 '버스비가 얼마지?' 하고 생각합니다. 희한하게도 정류장에는 버스 노선만 자세히 안내되어 있고 버스 요금 안내는 없습니다. 요금을 모르면 그 버스를 탈 수도 없는데 말이지요. 특히 충전 금액이 부족해 애를 먹을 때가 많은 학생들은 더욱 절실할 것입니다. 정류장 벤치에 누군가 친절하게도 안내를 해 주었네요.

그런데 마지막의 '인간'은 뭔가요. 나머지는 관심 없다는 의도를 담은 놀라운 어휘 선택! 어린이를 거쳐 청소년이 된 중학생 녀석의 작품인 듯합니다. 버스 기다리는 5분. 저에게 미소를 선물한 이름 모를 학생에게 감사의 마음을 전합니다.

2.
엄마 아빠도
사람이니까
좀 봐주자

부모에게서 멀어지고 싶은 나이.
엄마가 없으면 세상이 없어진 듯 울던 꼬맹이가
이제 좀 컸다고 엄마의 잔소리에 비명을 지른다.
하지만 부모의 사랑이 어디 그리 간단한가.
우리 엄마는 내가 갈비탕에 올라가는 계란 지단을 잘 부쳤다고 자랑이다.
시집 간 딸이 계란 지단 부치는 게 뭐 대단한 자랑거리라고.
부모의 사랑은 유치할 만큼 절대적이다.
그 비이성적이고 비논리적인 사랑으로 우리가 이만큼 크지 않았는가.
아이러니하게도
세상의 모든 자식들은 독립을 외치며 부모 곁을 떠나서는
평생 그 사랑을 그리워하며 산다.
지긋지긋한 엄마 잔소리.
결국은 추억이고 그리움이 될 것이니 실컷 들어 두자.

엄마가 내 친구를 너무 싫어한다면

서윤이는 유치원 때부터 꼭 붙어 다니던 십년지기가 있다. 문제는 그 친구가 점점 놀기(?) 시작했다는 것. 공부에는 관심이 없으니 수업 태도가 바를 리 없고, 노는 친구들과 어울리다 보니 학교에서 몰래 담배를 피우다 징계를 받은 적도 있었다. 멋을 부리느라 머리는 늘 학교 규율보다 길었고 어느 날은 파마까지 하고 등장했다. 서윤이는 친구 얘기를 하다 분통을 터뜨렸다.

"머리 긴 거야 다들 조금씩 어기는 거고, 파마는 걔가 간이 좀 부어서 그렇지 다른 애들도 매니큐어나 매직 이런 거 하잖아요. 학생

65

이 파마하면 안 되는 것도 웃겨요. 그럼 매니큐어나 매직도 다 잡아야지요. 다 똑같은 파마인데 좀 구불거리는 파마 했다고 걸리고, 티 안 나는 거 했다고 안 걸리는 건 진짜 웃긴 것 같아요."

거기까지만 해도 그냥 이렇게 저렇게 구중 들으며 넘어갈 만했다. 고등학교 입학한 지 두 달 만에 서윤이의 친구는 학교를 떠났다.

"남자 친구랑 맥주 마시러 갔나 봐요. 주인 아주머니가 단속 기간이니까 학생이면 나가라고 했대요. 그런데 미성년자 아니라고 뻥치고 그냥 앉아 있었대요. 그런데 진짜 경찰이 온 거예요. 그런 거 걸리면 술집 주인은 영업 정지에 벌금도 내야 하나 봐요. 주인 아주머니가 완전 화가 나서 부모님 불러오라고, 손해배상하라고, 막 난리가 났었나 봐요."

술집에서 경찰서에서 집에서 학교에서 시달린 서윤이 친구는 사람 꼴이 아니었을 것이다. 그런 소문은 바람을 타고 오는지 전교생은 물론 전교생의 부모님까지 모두 알아 버렸다. 학부모 모임에 다녀온 서윤이 엄마는 진저리를 쳤다.

"걔 보통이 아니더라. 여자애가 간도 크지. 평소 행동거지도 바르지 않았던데. 하긴 그런 일이 갑자기 일어날 수 있나. 엄마들이 그러는데 길에 오토바이 지나가면 뒷자리에 자기 딸 탔는지 봐야 한다더라. 너 걔 만나지 마. 연락도 하지 마. 엄마 분명히 말했다!"

서윤이는 엄마 몰래 친구를 만나고 있었다.

"어떻게 10년 동안 알고 지낸 친구를 하루아침에 딱 모른 체할 수가 있어요. 엄마는 내가 휴대폰만 만지면 뭐하냐고 들여다보고요. 전화를 거실에 내놓으라고 해요. 비밀번호 풀어서 메시지랑 통화 목록도 다 확인해요."

"엄마가 보기 전에 다 지우지 않아?"

"그건 그런데요. 아, 진짜, 친구도 마음대로 못 만나요."

서윤이는 발까지 동동거리며 가슴을 쳐 댔다.

'노는 친구'를 어떻게 해야 할까. 어른들 말대로 깔끔하게 연락 끊으면 그만일까. 휴대폰이 없다면 인터넷 속으로 들어가 얼마든지 친구를 만날 수 있다. 나아가 세상에는 그 친구 말고도 너 위험한 사람들이 많다. 아이들도 나름의 생각이 있지 않을까. 엄마의 방법이 저토록 싫을 내는 자기 생각이 있을 터.

"너히 엄마뿐 아니라 학부모 모임에 갔던 다른 엄마들도 다 비슷하지 않을까?"

"그런 것 같아요."

"그렇겠지. 엄마들은 왜 그러는 걸까?"

"안 좋은 애들이랑 어울릴까 봐 그러겠지요. 근데 그런 게 어디 있어요. 걔가 논다고 저도 노는 건 아니잖아요."

아무리 친구에 죽고 사는 청소년 때라지만 사람은 누구나 스스로를 지키려는 본능을 지니는 법. 나는 질문을 바꿨다.

"그 친구 이야기를 엄마가 전혀 모르고 있다 치자. 너는 그 친구랑 예전과 똑같이 지냈을 것 같니?"

"네. 근데 지금도 문자만 좀 하는 거지, 되게 자주 만나고 그런 건 아니에요."

"지금 네가 신경 써야 할 것은 엄마가 아니라 네 마음이야. 어려서부터 알고 지낸 친구겠지만 사람은 변하는 거니까 지금은 네가 알던 그 아이가 아닐 수도 있어."

"음…… 가끔 그런 면이 보일 때도 있어요."

"하긴 너도 변했겠지. 너를 지킬 사람은 너밖에 없어. 그 친구 때문에 안 좋은 영향이 너에게도 있다면 그건 네 책임이야. 엄마 말씀 듣지 않아서도 아니고, 그 친구가 나빠서도 아니야. 안 좋은 영향이라 해서 대단한 건 아니야. 사람은 아주 사소한 걸로 상처받을 수 있어. 예를 들어서 그 친구랑 산책도 할 겸 한강 둔치에 갔다고 치자. 편의점에서 과자랑 마실 것 좀 사겠지? 그럼 너는 콜라, 친구는 맥주를 샀다고 해봐. 그래서 저번처럼 신원 조회당하고 걸렸다면 넌 어떻겠니? 맥주는 따지도 않았어요, 저는 콜라 먹었어요 하면 그만일까?"

"아뇨. 한강에서 술 먹다 걸린 년 취급 받겠죠."

"집안 난리나고, 친구는 미안해 하고, 학교에서 혼나고, 세상이 싫어지겠지. 원망, 서러움, 억울함. 없어도 될 그런 감정이 쌓이는 것이 상처야. 그 친구랑 어울렸다고 네가 실제로 나쁜 물이 들 가능성은 적어. 그 정도 판단력은 있으니까. 그런데 나 자신을 힘들게 할 만한 요소는 어디에나 있어. 예상할 수도 없는 거고."

"그러네요. 걔도 주변 사람들이 난리 친 것 때문에 학교 그만둔 거예요. 학교에서까지 술집 여자로 취급받는다고."

"그 친구랑 계속 연락을 하든 말든 그건 네 자유야. 너를 키우는 것도 너고, 너를 지키는 것도 너니까. 친구가 힘드니까 가끔 만나고 연락하는 건 얼마든지 할 수 있지 않겠이? 임마 눈 피하느라 귀찮은 것도 네가 선택한 일이니 엄마 미워할 거 하나도 없다."

서윤이는 천천히 고개를 끄덕였다. 그동안은 엄마의 잔소리를 피하느라 친구에 대해 객관적인 생각은 하지 못했으리라. 친구가 나에게 어떤 영향을 주는지, 나는 그 친구에게 어떤 영향을 주는지.

"너도 솔직히 그 친구랑 아주 친하게 지내고 싶지는 않을 거야. 사람은 누구나 스스로를 지키고 싶어 하니까. 아무리 친했던 친구라도 그렇게 노는 애가 되면 좀 거리감이 생기긴 하잖아. 하긴, 친구 중에 학교 그만둔 애가 있다고 하면 좀 세 보이긴 하지."

"하하, 맞아요. 그 맛이 또 쏠쏠해요."

아이들은 부모와의 갈등에 신경 쓰느라 문제의 본질을 잊곤 한다 (어른도 마찬가지이긴 하다). 적당히 연락만 하고 지내려고 생각했다가도 엄마의 잔소리에 밀리면 그 친구와 만나는 것이 무슨 독립운동이라도 되는 양 걸리지 않으려고 기를 쓴다. 그리고는 '나 얘한테 왜 이렇게 집착하지?' 하며 스스로도 헷갈린다. 중요한 것은 스스로 분별력을 길러야 한다는 것이고, 가능하다면 그 친구에게 위로와 자신감을 줄 수도 있어야 한다. 다 큰 녀석들에게 나쁜 물들까 무조건 친구를 피하기만 하라고 할 수는 없지 않은가. 사람이라면 누구나 혹독함을 견디는 법과 함께 가는 법을 알아야 한다.

부모님이 싫어하는 친구가 있다면 이유를 생각해 보자. 부모님은 고리타분하다는 불평은 그만두고 내가 잘못 행동한 것은 없는지 되돌아봐야 한다. 친구를 만나고 들어온 날은 나도 모르게 욕이 튀어 나오지 않았는지. 몰래 통화하고 괜히 마음에 걸려 버릇없이 말대꾸하지는 않았는지. 그랬다면, 그래서 부모님이 그 친구를 더욱 싫어한다면 그것은 내가 내 행동을 지키지 못한 탓이다.

진지해지자. 그동안 나를 키운 부모님의 말씀이 귀찮다면, 이제 나를 키우는 것은 나다.

엄마가 내 친구를 너무 싫어한다면

그 친구가 좋은 친구인지 나쁜 친구인지는
나에게 달려 있다.

부모님이 날 포기한 걸까?

싱그러운 오후, 고등학교 옆을 지나는데 날씨만큼이나 싱그
러운 아이들이 무리 지어 하교를 한다. 그중 슬리퍼를 터덜터덜 끄
는 한 녀석의 투덜거림이 유독 귀에 선명하게 들려왔다.

"아, 씨. 제발 우리 담임이 나 좀 포기했으면 좋겠어."

이유를 알겠다는 듯 옆에서 깔깔 웃는 친구들.

"잘만 하면 깨우고, 어디만 갔다 오면 뭘 하고 왔냐고 묻고, 주말
에 내가 뭘 했는지 알아서 뭐할 건데? 존나 징그러워."

녀석들은 담임의 성대모사를 하며 요란을 떠느라 정신이 없었

다. 그 장난기가 얼마나 건강해 보이는지.

'포기'라는 단어를 들으니 아름이가 생각났다. 내가 날 포기하는 것이 아니라면 포기는 자유로움과 홀가분함이 되기도 한다. 더구나 욕심을 놓아 버리는 포기라면 숨통이 끊어질 듯한 사람을 살려 낼 수도 있다.

아름이네 아빠는 교수님이고 엄마는 피아노 선생님이다. 늦둥이 남동생이 있기는 하지만, 오랫동안 혼자 자란 아름이는 부모님의 사랑을 듬뿍 받으며 어린 시절을 보냈다. 초등학교 시절 아름이는 아이답지 않은 성과를 보여주었다. 피아노 콩쿠르에서 상을 타는 것은 일상적인 일이었고, 영어 말하기, 그림, 독서 토론 등 시상 명단에서 아름이 이름이 빠진 적이 없었다. 한 번도 놓치지 않았던 학급 임원, 전교 회장, 합창단 활동에 공부까지 아름이의 전성기는 화려했다.

"그때는 뭐만 하면 1등이었어요. 어린 눈으로 봐도 다른 친구들보다 제가 훨씬 잘하는 게 보였어요."

아름이는 중학교 공부도 그냥 하면 될 줄 알았다고 했다. 첫 번째 좌절은 회장 선거에서 떨어진 것.

"중1 때는 아무것도 모르니까 그냥 아는 애 찍잖아요. 근데 그 중학교에 저랑 같은 초등학교 나온 애들이 별로 없었어요. 그래서 그

때 무슨 미화부장인가? 말도 안 되는 거 하나 했던 것 같아요."

아름이의 노력 부족이 아니었다. 그 점을 알면서도 부모님은 많이 서운해 했다. 부모님의 욕심에는 언제나 '그래도'라는 단서가 붙었다.

이어지는 중간고사. 90점이 넘은 것은 영어 하나뿐이었고, 나머지 과목은 60점에서 80점까지 다채로웠다. 당연히 아름이네 집은 비상이 걸렸다. 첫 시험이니 그럴 수 있다며 겨우겨우 넘어갔지만 그 다음, 그 다음, 그 다음 시험에서도 아름이의 성적은 제자리걸음이었다.

"아빠는 제가 공부 못하는 걸 이해하지 못해요. 우리 아빠도 그렇고, 큰아빠, 작은아빠 다들 공부 잘하셨거든요. 사촌들도 다 공부 잘해요."

아빠는 애를 왜 저렇게 가만두느냐고 엄마를 몰아세웠고, 엄마는 아름이를 밤늦도록 학원으로 돌렸다. 아름이가 고등학교 입학 후 처음 성적표를 가져온 날 그 냉랭함은 이루 말할 수가 없었다.

"그래도 중학교 때는 시끄럽기라도 했거든요. 막 혼나고 소리 지르고. 그런데 이제는 말도 안 해요. 포기한 거지요. 차라리 지금이 편해요. 우리 엄마 요즘 뭐하는지 알아요? 남동생이 지금 유치원 다니거든요. 그 꼬맹이가 뭘 안다고 책 읽어 주고 학습지 풀고 난리예요."

사실 아름이의 성적은 나쁘지 않다. 반에서 중상위권 정도. 하지만 부모님의 자존심을 지키기에는 가당치도 않으리라.

"지금대로라면 수도권에 있는 4년제 대학교는 안전하겠다. 조금 더 노력하면 서울 안으로 들어가겠는데?"

"서울만 해도 좋겠어요, 진짜."

"부모님은 뭐라셔?"

"아빠는 서울대, 연고대 아니면 학교라고 생각도 안 해요. 엄마는 좀 낫긴 한데, 그래도 따질 건 다 따져요."

"그래도 대박 아니냐? 중학교 때는 고등학교도 못 갈 거라고 난리였잖아."

"그러니까요."

아름이는 부모님이 자신을 포기한 지금이 정말 편하다고 했다. 어디서 공부를 할지, 언제 잘지, 무슨 책으로 공부를 할지 모두 마음대로 할 수 있으니 공부하는 맛이 난단다.

"너 초등학교 때는 상 못 타면 막 울었다면서?"

"네. 진짜 오글거려요. 양 갈래로 머리 묶은 것도 모양이 다르면 엄마한테 계속 다시 묶어 달라고 했어요."

"지금은 안 그래? 그런 성향은 잘 안 변하거든. 공부든 뭐든 나름의 기준이 있잖아."

"세상에는 저보다 잘난 애들이 많더라고요."

짧은 아름이의 대답에는 많은 체념이 담겨 있었다. 초등학교 시절 똑소리 나던 아름이는 부모님의 기세에 눌려 에너지를 잃어버린 것이다. 아름이 같은 아이들에게 중요한 것은 성적이 아니다. 부모님이 나에게 더 이상 기대하지 않는다는 좌절감, 내가 더 이상 부모님을 즐겁게 해드릴 수 없다는 허무함이 아이들을 어둡게 만든다.

아름이 아빠는 동창회나 가족 모임에 한 번도 빠진 적이 없었다. 하지만 아름이가 고등학교에 간 후로는 할 말도 없는데 나가서 뭐 하냐며 발길을 끊었다. 그런 아빠를 보는 아름이는 어떤 마음일까.

"그냥 좀…… 그냥, 그래요."

눈물이 꽉 찬 아름이는 적당한 단어를 찾아내지 못했다. 원망스럽다고 하기에는 자신의 부족함이 미안했을 거고, 미안하다고 하기에는 그동안 겪은 마음고생이 기막혔을 것이다.

"아름아, 세상에는 완전히 좋거나 완전히 나쁜 일은 없어. 부모님이 너를 괴롭히지 않았어도 너는 네 완벽주의에 못 이겨 스스로를 괴롭혔을 거야. 뭐든지 내가 일등을 해야 한다는 욕심, 부담감. 부모님이 너 대신 거기에 빠져 있는 게 아닐까? 부모님이 아니었다면 네가 지금 어떻게 세상에는 나보다 잘난 사람들이 많구나 하는 생각을 속 편하게 할 수 있겠어."

끄덕끄덕.

"만약 초등학교 때의 아름이가 지금까지 계속 이어져 왔다면 지금의 이 편안함과 자유로움은 느끼지 못했을 거야. 언제나 일등이니까 다른 애들은 왜 못하는지 이해가 되지 않겠지. 어쩌면 아빠와 똑같은 생각을 하는 사람이 또 하나 생겼을지도 몰라. 나는 지금의 아름이가 훨씬 좋은데?"

"저도요."

찰랑거리던 아름이의 눈물이 주루룩 흘러내렸다.

우리의 삶 중에 어느 순간이라도 나에게 이롭지 않은 순간이 있을까. 그동안 힘들었던 것이 결국은 모두 아름이에게 유익할 것이다. 나는 마지막으로 가장 궁금했던 한 가지를 물었다. 아름이에게 가장 중요한 질문.

"너는 널 포기한 적 있니?"

아름이는 한참 만에 대답했다.

"없어요."

"한 번도?"

"네."

"그럼 됐어."

아름이의 대답은 지난날의 회상이기도 하고 앞으로의 다짐이기도 하다. 세상이 날 포기해도, 학교가 날 포기해도 심지어 부모가 날 포기해도 나는 나를 포기하지 않으리라. 부모님의 기대에 못 미치면 좀 어떤가. 나에게 기대하는 사람이 줄어들면 실망하는 사람도 줄어든다.

괜찮다. 남들의 욕심이 큰 것이지, 내가 부족한 것이 아니다.

부모님이 날 포기한 걸까?

불안이 커지면 욕심이고, 보람이 커지면 열정이다.
남을 의식하면 욕심이고, 나를 의식하면 열정이다.
지금 내가 쥐고 있는 것이 부들거리는 욕심이라면
미련 없이 놓아 버리자.
'포기'란 그럴 때 쓰라고 있는 말이니까.

힘든 친구를 대하는 우리의 자세

"엄마의 잔소리가 세상에서 제일, 진짜로 엄청 짜증나요. 진짜 뭐만 하면 맨날 잔소리하고 사는 낙이 없어요. 정말 이게 사람 사는 건지. 공부한 양이 엄마 마음에 안 들면 휴대폰도 뺏고 인터넷도 다 끊어요. 맨날 엄마 잔소리 듣기 싫어서 밖에서 놀고 들어오는데, 잔소리가 시작되면 정말……."

엄마 손에 이끌려 학습 컨설팅을 받으러 온 학생의 글이다. 첫 미팅을 하기 전 도움을 받고 싶은 내용을 써 보라 했더니 불평불만이 한가득이다. 지긋지긋한 엄마에게서 벗어나고 싶은 아이를 보고 있자니 오래전 내 친구가 생각났다.

고1 5월, 봄비가 내리던 날이었다. 고등학교 입학 후 야자를 튀는 역사적인 날. 해가 아직 남아 있을 때 집에 가는 것이 얼마 만인가. 1학년의 교복이 으레 그렇듯 내 교복도 어수룩하게 컸다. 양손에는 점심, 저녁 도시락이, 어깨에는 봄비를 즐기는 우산이 기대어 있었다. 집 근처 버스 정류장 앞에 이르렀을 때 나는 우뚝 멈춰 서고 말았다.

"희정아."

"어……."

"왜 이러고 서 있어? 우산도 없이. 어디 가는데?"

"일하러……."

남들은 다 퇴근을 하는데 지금 일을 하러 간다니. 그것도 열일곱 여자애가 어딜 간다는 것인지.

희정이는 중2 때 자퇴인지 퇴학인지 모를 것을 하고는 학교에서 사라진 친구였다. 어머니는 안 계시고(다 망가진 희정이의 정서로 볼 때 가정불화 때문인 듯하다) 아파트 경비 일을 하시는 아버지는 술과 분노로 아이들을 다스렸다. 그 공포를 어찌 열다섯 살 소녀가 감당할 수 있겠는가. 희정이는 늘 어색할 만큼 일부러 크게 웃었고 짜증 날 만큼 모든 것에 거짓말을 했다. 친구들 사이에서는 '불쌍해서 같이 좀 놀아 주려 해도 제 무덤을 파는' 아이였다.

공부 좀 못하고 거짓말 좀 하면 어떤가. 그대로 그냥 지나가면 되었을 것을. 희정이의 탈선은 점점 무서워졌다. 학교에 오면 저녁마다 함께 어울리는 오빠들 자랑을 했고, 아버지가 밤 근무를 하는 날이면 그 오빠들을 집에 데려와 밤새 술을 마시며 노는 모양이었다. 어느 날은 친구들을 화장실로 불러 모으더니 요즘 배가 자꾸 나오는 것 같다며 호들갑을 떨었다. 지난달에 생리를 했느냐 물으니 잘 모르겠다며 깔깔 웃었다.

난 희정이가 진짜 미친 것인지, 두려움을 이기려 미친 척을 하는 것인지 알 수가 없었다. 그러던 어느 날 내 생에 가장 큰 후회를 할 만한 일이 벌어졌다.

나는 여느 때처럼 저녁을 먹고 텔레비전을 보며 놀고 있었다. 갑자기 초인종이 울렸다. 인터폰 화면을 들여다보니 희정이가 서 있는 것이 아닌가. 같은 반 친구가 집에 찾아왔을 뿐인데 온갖 잡념에 사로잡힌 나는 겁이 덜컥 났다. 문 앞에 친구를 세워 두고 나는 인터폰에 대고 왜 왔느냐고 물었다.

"나 오늘 너희 집에서 자면 안 돼?"

"왜?"

"그냥 집에 가기 싫어서."

희정이에게 '그냥'이란 진심을 다 말할 수는 없으나 거짓말할 기력도 없을 때 나오는 말이었다. 나는 희정이가 싫었다. 같은 반 친구였지만 희정이는 늘 무서운 언니들하고만 어울렸고 그 '빽'으로 센 척하는 희정이 앞에서 반 아이들은 기가 죽어 있을 수밖에 없었다.

"그냥 집에 가서 자. 친구 데려왔다고 엄마한테 혼날지도 몰라."

"어, 그래."

괜한 엄마 핑계를 내세워 희정이를 돌려보냈다. 끝내 열리지 않는 현관문을 바라보다 돌아간 것이다. 그리고 다음 날 희정이는 학교에 오지 않았다. 그 이후로 쭉.

그날 희정이에게는 무슨 일이 있었던 것일까. 아버지와의 갈등은 하루 이틀 일이 아니니 하룻밤 정도는 그럭저럭 넘길 수도 있었을 텐데, 별로 친하지도 않은 친구네 집까지 찾아올 정도였으면 무슨 일이 있어도 대단히 크게 있었던 모양이다. 그날 희정이는 어디서 밤을 보냈을까.

다음 날 아침, 희정이 자리가 비어 있는 것을 본 담임선생님은 희정이에 대해 물으셨다.

"희정이가 왜 학교 안 왔는지 아는 사람?"

제발 누군가 알고 있기를……. 나는 내가 희정이의 최후 목격자라는 사실에 몸서리쳤다. 어젯밤의 일을 선생님께 말씀 드릴 수밖에 없었다. 선생님은 잠시 생각에 잠기시더니 곧 자전거를 타고 희정이네 집으로 내달리셨다. 그게 끝이었다. 뭐가 어찌된 것인지 아무 말씀도, 더 이상의 질문도, 어떤 잔소리도 없었다.

나는 그날 왜 희정이를 그냥 보냈을까. 라면이라도 끓여 저녁이라도 먹게 할 것을. 같이 자는 게 싫었다면 거실 소파에라도 누워 있게 할 것을. 그랬다면 그 두려웠을 하룻밤을 어떻게든 넘길 수 있었을 텐데. 나와 함께 아침밥을 먹고 학교에 갈 수 있었을 텐데. 하루 자는 게 익숙해졌다면 그 다음 날도 하루 더 잘 수도 있었을 텐데. 중학교는 졸업할 수 있었을 텐데.

봄비가 오던 날, 그저 재미 삼아 야자를 튀던 날, 그 희정이를 다시 만난 것이다. 희정이도 그날 일을 기억할까. 나에게 서운하지는 않았을까. 그동안 어떻게 지냈을까. 나는 고등학교 입시를 앞두고 열심히 공부했다. 성적도 안 되면서 학원의 외고반과 과고반을 두고 고민했고, 혹시 고입 시험을 망쳐서 고등학교도 못 가면 어쩌나 벌벌 떨기도 했다. 고등학교 교복을 맞추면서는 조금 크게 하라는 부모님의 성화에 짜증을 부렸고…….

마침 그날은 당당히 담임선생님의 허락을 받고 야자를 빠지는 날이라 아주 기분이 좋았다. 나는 이렇게 사는데 희정이의 삶은 어땠을까. 학교를 그만두고 매일 어딜 갔을까. 무엇을 고민하고 무엇에 즐거워하며 살았을까.

짧게 몇 마디를 나누고 헤어지는데 희정이가 고개를 돌려 내 뒷모습을 보는 것이 느껴졌다. 내 교복과 도시락이 희정이에게는 상처가 되었을 것이다. 내가 할 수 있는 일이라고는 빨리 저 모퉁이를 돌아 희정이 시야에서 사라지는 것이었다.

희정이에게도 잔소리쟁이 엄마가 있었다면 어땠을까. 나는 왜 큰 교복을 두고 엄마에게 얼마나 짜증을 부렸을까. 큰 교복에는 앞으로 쑥쑥 더 크라는 기대와 축복이 담겨 있었고, 양손에 든 도시락에는 이른 아침 딸의 끼니를 챙기는 엄마의 마음이 있었던 거다. 하루 도망치면서도 신이 났던 야자를 희정이는 얼마나 하고 싶을까. 감사는커녕 너무나 당연해 지겹기까지 한 나의 일싱이 희정이에게는 간절한 소원이었을 것이다. 모든 기도를 다해 시간을 되돌릴 수 있다면 희정이는 엄마와 함께 살았던 시절, 친구들과 학교를 다니던 시절부터 다시 시작하고 싶지 않을까. 희정이도 건강한 부모님이 있었다면 나처럼 큰 교복을 투정하고 야자 빠져 나올 궁리나 하는 고등학생이 되었을 것이다.

그날 나는 깨달았다. 내가 학교를 다니고 공부를 할 수 있는 것은 내가 잘나서가 아니라는 것을. 나의 성실함이나 노력은 다 차려 놓은 밥상에서 숟가락 드는 일에 불과했다. 희정이도 학교생활을 챙겨 주고 잠자리를 돌봐 주는 부모님이 있었다면 학교를 빠지지 않았을 것이다. 나는 그저 곁에서 사랑을 주시는 부모님과 언제든 돌아갈 수 있는 집은 당연한 것이 아니었다. 희정이와 나의 차이는 그것이었다.

희정이 때문에 얻게 된 깨달음으로 철이 조금 든 나는 한 가지 다짐을 했다. 희정이의 몫까지 열심히 공부하기로. 우리나라에, 아니 전 세계에 희정이와 같은 처지의 친구들이 얼마나 많을까. 공부할 환경과 조건이 주어졌음에도 노력하지 않는다는 것은 게으름이자 오만함일 것이다. 성적이 조금 잘 나온다고 해서 건방을 떨 것도 없다. 희정이도 도시락 두 개씩 싸 주며 기도로 딸의 공부를 돕는 부모님이 있었다면 나만큼은 했을 것이다.

나만 아는 희정이와의 약속 때문이었을까. 나의 고등학교 생활은 더할 수 없을 만큼 모범적이었다. 학급 임원에 선도부, 장학금도 타고 대학도 잘 갔다. 희정이는 하룻밤도 재워 주지 않고 돌려보냈던 철없는 친구에게 참으로 소중한 것을 깨우쳐 주었다.

그 후로 희정이를 다시 볼 수 없었지만 마음속의 울림은 생생하다. 간혹 집을 나가거나 공부를 그만두고 싶다는 녀석들을 만나면 희정이를 보는 것 같아 함부로 다그칠 수가 없다.

지금, 삶이 지루해 죽겠는가? 숨 막히는 학교, 엄마의 잔소리, 짜

중나는 친구들. 그 지긋지긋한 것들이 누군가에게는 소원이다. 모든 것에 감사하자. 그리고 나의 지겨운 일상을 갈망하고 있을 누군가의 몫까지 노력하자. 그것이 누리는 자의 당당함이자 도리가 아닐까.

힘든 친구를 대하는 우리의 자세

케냐나 탄자니아를 가면 길거리에서
"기브미 비스킷!"
"기브미 머니!"
구걸하는 아이들을 많이 볼 수 있다.
하지만 이곳 수단에선 "기브미 어 펜!"이라고 외치는
특이한 아이들을 많이 볼 수 있다.
이들의 작은 외침은
배움의 권리에 대한 정당한 요구요,
배우고 싶어 하는 아이들에게 어떠한 이유에서건
교육의 충분한 여건을 마련해 주지 않는 것은
어른들의 명백한 직무 유기라는 것을 보여주기 위한
작은 외침이 아닌가 생각한다.

─이태석, 『친구가 되어 주실래요?』 중

아빠가 너무 싫은 걸 어떡해

세진이는 아빠를 싫어한다. 일은 하지 않고 탱자탱자 놀기만 하기 때문이다. 아빠와 재미있게 놀던 어린 시절 추억도 없고, 열심히 일하는 아빠의 모습을 본 적도 없다. 며칠씩 해외에 골프를 치러 갔다 오거나 동네 부동산 중개업소를 오가는 것 말고는 하는 일이 없다. 그래서 세진이는 항상 아빠를 '그 놈팽이'라고 불렀다. 휴대폰에도 아빠 번호는 '놈팽이'로 저장되어 있다.

"아빠는 무슨 돈으로 놀러 다녀?"

"할머니 돈이요. 할아버지가 의사였거든요. 할아버지도 돈을 많이 벌었고, 또 옛날부터 할아버지네가 부자였나 봐요. 집안 대대로 내려오는 땅을 할아버지가 상속받긴 했는데 다 논밭이니까 그냥 갖고만 있었대요. 할아버지가 돌아가시고 지금은 할머니가 관리하는데 개발한다고 땅값이 오르니까 신난 거지요 뭐. 할머니도 문제예요. 그놈의 돈이 자식 다 망친다니까요."

세진이는 아빠에게 무정했다. 아빠 이야기는 모두 남 얘기하듯 해버렸다.

"어떻게 사람이 그래요? 집에 형광등 가는 거, 못 박는 거 손 하나 까딱 안 해요. 할 줄 아는 것도 없고 하려고 하지도 않아요. 아무리 돈이 있어도 그렇지. 그냥 그렇게 살기도 지겹지 않나? 동네 통장이라도 하던가요. 진짜 이해할 수 없는 사람이에요. 근데 그 집 식구들 다 그 모양이에요. 고모는 싸가지가 요만큼도 없고, 삼촌은 심심하면 경찰서에 불려 다녀요. 그 치다꺼리도 다 엄마가 한다니까요."

약사인 엄마는 하루도 쉬지 않고 약국 문을 연다. 명절 때도 약국이 바쁘다는 핑계를 대고 약국을 지킨다. 시댁에 오래 머물고 싶지 않기 때문이다.

"엄마 약국도 할머니가 차려 준 거예요. 아빠가 노니까 미안해서 그랬겠지요. 그래서 엄마만 죽어난다니까요."

"좋네, 뭘. 아빠 돌아가시면 그 돈 네 거 되는 거 아니야?"

"아, 뭐가 좋아요? 줘도 안 받아요. 그 집이 다 싫어요. 내가 장씨라는 것도 싫고."

세진이는 평소에도 자신의 이름에 성을 잘 붙이지 않는다. 책이나 소지품에도 '세진', '세진이 우산', '지니꺼' 이렇게 쓰여 있을 뿐 '장세진'이라고는 쓰지 않았다.

"대학 가면 1학년 마치고 어학연수 떠날 거예요. 유학을 가던지. 엄마도 그렇게 하래요."

어학연수든 유학이든 세진이는 아빠를 떠나고 싶어 했다. 엄마도 그런 세진이의 마음을 모를 리 없으리라. 사람 노릇 못 하는 아빠를 보며 세진이는 돈에 대해, 세상살이에 대해 어른스러운 생각을 갖게 된 듯하다. 하지만 아빠에게서 벗어나려는 강박증이 세진이의 사고를 왜곡하고 있었다.

"세진아, 몇 년 동안 외국에 나가 있는 건 중요한 문제야. 학교생활이나 진로도 생각해야지. 그냥 아빠 때문에 간다는 건 좀 그렇지 않냐? 그냥 도망가는 거랑 뭐가 달라? 너야 훌렁 가 버리면 그만이지만 엄마는? 또 니 치다꺼리나 하면서 약국 문 열지 않을까?"

"엄마가 좀 걸리긴 해요."

"유학은 무슨 돈으로 갈 건데? 한 학기에 천만 원씩 드는데, 엄마가 번 돈으로? 어림도 없을 걸? 어차피 그 돈도 할머니 돈 아니야?"

"……."

아빠가 싫어 유학을 가고 싶었는데, 그 비용도 결국 아빠 주머니에서 나와야 한다니. 좋든 싫든 자식이 부모의 틀을 벗어나는 것은 생각만큼 간단한 일이 아니다. 이제 열여덟. 아빠가 술을 마시는 것도 아니고 폭력을 쓰는 것도 아니니 세진이가 직접 피해를 본 것은 전혀 없다. 오히려 좋은 집에서 살며 브랜드 가방, 옷, 신발을 마음껏 누릴 수 있으니 얼마나 좋은가. 세진이의 증오는 어릴 때부터 들어온 엄마의 한숨 소리에서 비롯된 것이리라. 엄마를 힘들게 하는 아빠, 엄마 마음도 몰라 주는 아빠. 엄마는 세진이와 이야기를 나누며 마음을 풀었을 것이고, 세진이는 엄마의 감정을 자신의 감정인 양 품어 왔을 것이다.

"세진아, 인생은 각자 사는 거야. 엄마의 시선으로 아빠를 볼 필요는 없어. 엄마에게 아빠는 남자고 남편이지만, 너에게는 아빠야. 할머니에겐 아들이고. 그냥 단순하게 생각해. 너를 풍요롭게 해주는 고마운 사람들이야. 엄마 고생하는 거? 그게 안타까우면 네가 엄마한테 잘하면 되는 거지. 아빠를 미워한다고 엄마 고생이 줄어드는 것도 아니잖아? 너 남자 친구 만날 때도 아빠 같은 사람만 아니면 된다고 할 거지? 아빠 싫다면서 무슨 일만 나면 아빠 타령이 잖아. 너는 아빠를 미워한다고 하지만 그러면서 계속 아빠라는 틀에 갇혀 있는 거야. 그냥 아빠를 좀 놔둬. 그게 너를 위해 좋아."

세진이는 생각에 잠겼다.

"그래도 아빠를 좋아할 수는 없어요."

"아빠를 좋아할 필요는 없어. 아빠가 싫다는 생각에 빠져 있지만 않으면 돼."

"하, 그게 쉽지가 않아요."

"너희 아빠도 참 불쌍한 사람이야. 딸한테 살가운 말 한마디 할 줄 모르지?"

"절대 한 번도 없어요."

따뜻한 아빠의 모습이 그리웠던 걸까. 세진이는 한 번도 없다는 말을 하며 눈까시 크게 떴다.

"딸이 용돈 달라고 예쁜 짓을 하는 것도 못 보지, 열심히 일하는 보람이 뭔지도 모르잖아. 아내한테 존경받는 남자의 기분도 모를 걸? 평범한 행복을 모른다는 것은 불쌍한 거야."

"한 번도 그렇게 생각해 본 적 없어요."

"그랬을 거야. 너도 이제 다 컸잖아. 엄마도 아빠도 그냥 나랑 똑같은 사람이라고 생각해."

어른이 되어 간다는 것은 어린 시절 부모님에게 영향받아 형성된 편견에서 벗어난다는 뜻이다. 그래야만 건강한 자아를 만들어 갈 수 있으니까.

"할아버지, 할머니가 가난했다면 아빠도 놈팽이가 되지는 않았을 거야."

"그랬겠죠."

"그러니까 아빠 잘못만은 아니야."

"할머니가 잘못 키운 거죠."

"할아버지는?"

"할아버지는 좋은 사람이었어요."

"세상에 완전히 좋고 완전히 나쁜 사람은 없어. 할아버지는 자기 혼자 좋은 사람이었는지 몰라도 처자식 제대로 이끌지 못했으니 무능했던 건지도 몰라. 할아버지 책임도 없지는 않아."

"……."

"자식들이 다 사람 구실 못 하는데 할머니라고 마음 편하겠니? 할머니도 불쌍한 사람이야. 돈 앞에 흔들리지 않는 사람은 없어. 너도 그렇고 나도 그렇고. 아빠가 도박하고 바람피우지 않은 것만 해도 대단한 일 아니냐? 공짜로 생긴 돈, 사업한답시고 허세 부리면서 날려 먹지 않은 게 어디야. 감사하게 생각해."

"헐, 네."

십대들은 이제 막 돋아나는 비판력을 폭넓게 쓰지 못한다. 한 가지 생각에 사로잡혀서 극렬하게 옹호하거나 비난한다. 하지만 세상일이 어디 그리 단순한가. 생각을 키우자. 내 마음을 넓히면 상처받을 일도, 미워할 일도 줄어든다.

이후 세진이는 폰에 저장된 아빠의 별명을 '놈팽이'에서 '불쌍한 놈'으로 바꿨다. 장족의 발전!

아빠가 너무
싫은 걸 어떡해

서로 친절하게 하며 불쌍히 여기며
서로 용서하기를
하나님이 그리스도 안에서
너희를 용서하심과 같이 하라.

－「에베소서」 4장 32절

엄마가 일한다는 소식

십대 중후반 청소년의 부모님은 사십대 중후반. 인생의 허리를 지나며 자녀 교육, 부모 봉양, 자신들의 건강, 노후 준비 등 만만치 않은 짐을 안고 있다. 원더우먼 같던 엄마가 입원을 하거나 슈퍼맨 같던 아빠가 직장을 잃는 일을 겪으면서 아이들은 부쩍 어른스러워진다. 부모님의 약하고 힘없는 모습을 보며 철이 드는 것이다. 연경이도 그랬다.

"엄마가 일하신대요."

그게 어쨌다는 것인지 재빨리 이해가 되지 않았다. 일하는 엄마가 어디 한둘인가.

"어, 그래?"

대화는 잠시 끊어졌다. 엄마가 일한다는 것을 나에게 왜 말했을까. 엄마가 일하게 되니 좀 더 자유롭게 인터넷을 할 수 있다는 기쁨을 말하려는 것은 아닐 것이다. 엄마가 일하는 이유, 엄마가 일하는 것에 대한 자신의 감정 등 무언가 이야기하고 싶은 것이 있는 듯했다.

"무슨 일을 하시는데?"

"마트 계산원이요."

순간 많은 생각이 스쳤지만 연경이가 먼저 이야기를 꺼내는 게 좋을 것 같아 농담을 던졌다.

"오호, 그거 모든 유치원생들의 로망 아니냐? 바코드로 딱딱 물건 찍고, 돈도 정말 빨리 세고, 이것저것 버튼도 막 누르고, 쭈르르 영수증 나오면 탁 끊는 것도 멋있잖아."

"하하, 맞아요. 근데 하루 종일 앉지도 못하고 계산 잘못하면 되게 많이 혼난대요."

연경이는 농담을 이어갈 만큼 한가하지 않은 모양이다. 마트 계산원의 어려움을 자신의 일처럼 걱정하고 있다니. 엄마가 일을 한다는 사실만으로 연경이가 세상을 보는 눈이 조금 따뜻해진 것 같다. 직접 가르치지 않아도 아이들은 이렇게 큰다.

"그래도 일하면 재밌을 거야. 살림하는 것보다 보람도 있고, 월급 타면 엄마도 여유 있게 용돈 쓸 수 있잖아."

"그건 그래요."

"왜 갑자기 일을 하시는데?"

직접 물어도 될까 망설여졌지만 내가 물어야 연경이도 하고 싶은 이야기를 할 수 있을 것 같았다. 무언가 털어놓고 싶은 이야기가 있을 때는 먼저 입을 열기가 어색하니까.

"아빠 월급이 줄었어요."

"그래, 대기업들은 많이들 그렇게 하더라. 아빠 나이 정도 되면 직급두 있으니까. 월급이 줄어도 생활하는 데 지장 있을 정도는 아니잖아?"

"그냥 월급이 줄어든 게 아니고요. 그 전에는 본사에서 일했는데 부서가 바뀐다고 발령이 나면서 동네마다 대리점 있잖아요. 그리로 가라고 했대요. 잘린 거나 마찬가지지요 뭐. 그렇게 되면 거의 다 사표 낸대요. 그런데 아빠는 사표 안 낼 거래요."

"왜?"

"회사에서 자녀들 대학 등록금이 나오거든요. 회사 그만두면 저랑 동생이랑 대학 등록금을 어떻게 내요."

마흔여덟, 아빠가 회사에서 밀려날 나이가 된 것이다. 또 어디로 옮겨 갈지, 자존심 버려 가며 언제까지 월급을 받을 수 있을지 알 수 없는 일. 아빠의 직장이 흔들리고 있으니 엄마가 가만히 있을 수 있겠는가. 연경이는 부모님께 미안하다고 했다.

"나 때문에 고생하는 거잖아요. 자식들 없었으면 그냥 회사 그만둘 텐데. 엄마도 일 안 해도 되고."

"그렇게 생각하지 마. 너희들이 부모님께 준 기쁨이 얼마나 큰데 그게 아무것도 아닌 것처럼 말하니."

"엄마가 일한다니까 갑자기 우리 집이 가난해진 것 같아요. 엄마가 일한 적은 한 번도 없었거든요."

"즐겁게 생각해. 너 친구네 엄마가 일하는 걸 부러워했잖아. 마음대로 놀고 먹는다고."

"아, 그건 그런데요."

"괜히 우울하게 생각하지 말고 엄마 다리나 잘 주물러 드려. 신경 쓰시지 않게 밥도 잘 챙겨 먹고. 엄마도 처음 하는 일인데 얼마나 불안하겠어. 애들이 밥도 안 챙겨 먹고 생활도 엉망이 되면 엄마도 울고 싶을 거야. 그러니까 잘해. 설거지랑 청소도 좀 하고. 앙?"

"네."

자식이 아니라면 아빠는 어떻게 그 자존심 상하는 회사를 매일 가고, 엄마는 어떻게 그 생소한 일을 시작할 수 있겠는가. 부모님이 아니었다면 연경이는 지금처럼 잘 자랄 수 없었을 것이다. 연경이가 아니었다면 부모님은 지금처럼 마음이 큰 어른이 되지는 못했을 것이다.

엄마가 집에 없는 일상은 어땠을까. 일주일 후 만난 연경이는 다행히도 좋아 보였다.

"첫 날은 집에 딱 왔는데 아무도 없으니까 너무 쌩한 거예요. 그 전에는 빈 집에 들어와도 매일 그런 게 아니니까 뭐 별 느낌이 없었는데, 이제 엄마가 계속 없다고 생각하니까 좀 그랬어요. 근데 금방 익숙해졌어요. 오히려 편한 것 같아요. 밥도 먹고 싶을 때 먹고, 친구들 데려와서 놀기도 편하고요. 확실히 엄마가 없으니까 집이 좀 지저분하긴 해요."

내가 어렸을 때 아버지는 택시 운전을 하셨다. 나는 지금도 택시를 타면 '참 좋은 손님'이 되려고 노력한다. 운전할 때 거슬릴까 봐 통화도 자제하고, 기사님 운전하기 편한 길로 가자고 한다. 열심히 살려는 부모의 노력은 얼마나 아름다운지. 부모가 인생의 고비를 넘어가면 아이들도 함께 그 고비를 느끼며 성장한다.

아빠가 자식의 등록금을 위해 힘들게 회사에 다니고 있는 것을 알았고, 바깥일은 해본 적이 없는 엄마가 어색하게 '고객님'을 불러 가며 인사하는 모습을 보았으니, 이제 연경이는 조금 더 용돈을 아껴 쓰지 않을까. 어디에서 물건을 사든 계산원에게 예의 없게 굴지는 않을 것이다. 아이들은 부모의 말보다 삶에서 배우고 자란다.

엄마가 일한다는 소식

태어날 때 목에 탯줄이 감겨 태어난 릭과 그의 아버지 딕.
식물인간으로 누워만 지내던 아들이 컴퓨터를 통해
처음 표현한 감정은 "달리다, 달리고 싶다"였다.
이후 아버지는 직장을 그만두고 아들과 달리기 시작했다.
아들이 누울 수 있도록 바퀴가 달린 수레를 만들고
그 수레에 끈을 연결해 허리에 묶고 뛰는 것이다.
8km 자선 달리기를 시작으로 42.195km 마라톤 완주,
마침내는 철인 3종 경기까지 완주했다.
아들이 말했다.
"아버지가 없었다면 할 수 없었어요."
아버지가 말했다.
"네가 없었다면 아버지는 하지 않았다."

—딕 호이트 · 던 예거, 『나는 아버지입니다』 중

부모님의 두 얼굴, 진짜 실망!

선우를 만난 것은 진로 문제 때문이었다. 굳이 분류를 하자면 진로 문제겠지만 사실은 아들과 싸우다 싸우다 지친 엄마가 나를 찾은 것이다.

"학부모 회의에 갔는데 준호 엄마가 선생님을 소개했어요. 아이들을 잘 아는 선생님이라고요."

며칠 전 준호 엄마에게 전화가 왔다. 준호네 반 친구 엄마인데 아들이 연예인이 되겠다며 날뛰어서 너무 힘들어한다는 것이다.

"준호는 선생님 만나서 공부 잘하고 있으니 얼마나 다행이에요.

준호도 준호지만, 준호 친구들도 잘돼야 준호도 좋잖아요. 선우 엄마한테 선생님 연락처 알려 주려고요. 괜찮으시지요?"

물론이다. 내 아이뿐 아니라 아이 친구들까지 잘되기를 바라는 마음은 얼마나 귀한지. 준호가 잘하고 있는 것은 나 때문이 아니라 분명 엄마 덕일 것이다.

그렇게 만난 선우는 모자를 푹 눌러쓰고는 말이 없었다. 선우 엄마는 가기 싫다는 녀석을 끌고 오느라 애를 먹었다고 했다.

"선생님께 인사해야지."

대충 꾸벅.

"이것 보세요. 이렇게 숫기가 없어 인사도 제대로 못하면서 연예인을 히겠대요. 저는 이제 포기했어요. 애 아빠는 아직도 펄펄 뛰고요. 선우가 상처를 많이 받았을 거예요. 좀 따뜻하게 대해 주려 해도 이제는 선우가 저를 밀어내요. 부모가 하는 말은 다 잔소리로 듣잖아요. 잘 부탁드릴게요."

그간의 마음고생에 초연한 듯 선우 엄마는 차분히 자리를 비켜 주었다.

"연예인도 분야가 다양한데, 어떤 연예인이 되고 싶은 거야?"

나는 바로 본론으로 들어갔다. 마음이 다친(그래서 닫힌) 아이들에게 괜한 웃음과 인사말은 어색함을 더할 뿐이다.

"배우요."

선우는 갑작스러운 질문에 자기도 모르게 대답을 해버렸다. 이렇게 한마디만 터놓으면 그 다음은 쉽다. 배우. 연예인은 의사, 교사와 함께 언제나 청소년 장래 희망 상위권에 오르는 직업이다. 수시로 보는 게 텔레비전이고 그 속의 사람들을 보며 웃고 울었으니 그럴 만도 하다. 연예인의 꿈은 초등 고학년에서 구체화되어 중학교에 입학하며 시들해지는 것이 보통이지만 몇몇 아이들은 '교문 앞 캐스팅'을 경험하고는 나름 진지해지기도 한다.

청소년 대부분이 생각하는 연예인의 모습은 화려한 인기를 누리는 가수다. 그저 음악이 좋아 콧구멍만 한 다락방에서 노래만 만들면 좋겠다는 것도 아니고, 노래 실력과 춤 실력, 매너와 인기를 모두 갖춘 완벽한 스타가 되기를 바란다. 아마도 흠이라곤 없는 자신의 모습을 꿈꾸는 건 본능적인 욕구 아닐까. TV 속의 연예인들이 내가 원하는 완벽함을 보이고 있으니 나도 그렇게 되고 싶은 것이다.

무사가 나라를 평정하던 고려시대 청소년에게는 나라를 구하는 용맹한 군사가 영웅이었고, 문관이 나라를 평정하던 조선시대 청소년에게는 문자와 과학을 닦아 백성을 이롭게 한 어진 임금이 영웅이었을 거다. 내가 바라는 완전함을 이미 갖춘 사람, 현대의 '연예인'은 청소년들의 자아 완성 욕구의 거울인 셈이다.

"배우라, 진지한 이유가 있을 것 같은데? 보통 연예인이 되고 싶다는 아이들은 가수라고 하거든."

"다른 사람의 역할에 몰입하게 되잖아요. 그게 좀 멋있고…….연기 잘하는 배우들 보면 진짜 존경스러워요."

사람들이 진심을 말할 때 그렇듯 선우는 반항심도 어색함도 없이 입을 열었다.

"제일 매력적이라고 생각하는 배우는?"

"송강호랑 하정우요."

선우는 조금의 망설임도 없었다.

"부모님이 저러는데 네 꿈을 어떻게 이룰 거야?"

나는 본론으로 들어갔다. 아이들 마음에 박힌 열정이 약한 것이 아니라면 그것을 뽑아낼 권리는 누구에게도 없다. 배우가 되겠다는 꿈이 사춘기 시절 치솟은 감성 때문일 수도 있다. 그러나 괜한 겉멋이 든 것인지 아닌지는 자신이 분별할 문제이며, 배우든 무엇이든 자신이 원하는 것을 이룰 만한 힘이 있어야 하는 것은 자명하다. 이 분별력과 추진력은 꿈꾸는 자의 의무다.

"우선 연극영화과에 가야지요."

"배우가 되는 데 대학이 필요할까?"

"꼭 그런 건 아니지만 지금은 내가 하고 싶어 한다고 누가 시켜 주는 것도 아니잖아요. 저도 연기를 배워야 되고요. 대학에 가면 제작이나 시나리오 구성 같은 것도 조금씩 배울 수 있으니까요."

부모님의 완강함이 선우를 자라게 한 것일까. 부모님의 날선 반대에도 선우의 꿈은 고요했다. 선우의 꿈이 왜곡되지 않은 것 같아 마음이 놓였다.

"네가 연극영화과에 가는 것도 싫어하시지 않아?"

"처음엔 그것 때문에도 진짜 많이 싸웠어요. 근데 요즘에는 대학이라도 간다는 게 어디냐고 그냥 포기하신 것 같아요."

"부모님이 등록금 안 주면 어쩌냐?"

"제가 벌지요 뭐."

쿨한 녀석. 반대한다고 그만둘 것 같았으면 그 꿈을 꾸지도 않았을 것이다. 생생하게 살아 있는 꿈을 확인했으니 이제 처음부터 묻고 싶었던 것을 물을 차례다. 부모님과 갈등을 겪으며 선우의 마음이 다치지는 않았을까. 친구 준호의 '이거 진짜 비밀이에요' 정보통에 따르면, 선우는 아버지에게 베란다의 유리창이 깨지도록 맞은 적도 있고 준호네 집에서 자고 간 적도 몇 번 있다고 했다. 자기 새끼를 죽이는 맹수의 본성이 있는 것일까. 아버지와 아들의 갈등은 무섭다. 아버지에게 질린 아이들은 마음속에 아빠를 죽이고 말겠다거나 아빠보다 좋은 대학에 가기 위해 공부한다는 칼을 품는다.

나는 다시 본론으로 들어갔다(애고 어른이고 남자들은 부연 설명을 싫어한다).

"아빠를 이해할 수 있니?"

"이해는 할 수 있어요. 근데……."

"근데?"

선우는 처음으로 뜸을 들였다.

"진짜 실망했어요."

"어떤 면에서?"

"그렇게 편협한 생각을 하는 사람인 줄 몰랐어요. 자기 자식 문제니까 그럴 수도 있겠지만, 어느 정도 상식적인 생각은 해야 되잖아요. 연예인은 다 더럽고 무식한 사람으로 보는 거예요. 뉴스에서누가 도박하다 걸린 거라도 나오면 또 싸잡아서 뭐라 그러고. 아,진짜 답답해요."

"그래, 아빠들은 가끔 그럴 때가 있어. 뭐 하나 마음에 걸리면 이성을 다 잃어버리는 것 같아."

"맞아요. 좀 미친 것 같기도 하고, 유치한 것 같기도 하고…….배우도 여러 가지 직업 중 하나잖아요. 어떻게 사람이 어떤 한 가지를 그렇게 싫어할 수가 있어요? 아빠의 증오하는 표정을 잊을 수가없어요."

'증오'라는 단어를 말하며 선우의 표정도 일그러졌다. 선우가 느낀 실망스러운 아버지의 모습은 상처보다 충격에 가까웠다. '우리 아빠가 저런 사람이었나?' 하는 충격이다.

"제가 배우 된다고 하기 전에는 아빠랑 되게 잘 지냈거든요. 주말마다 운동하러 가고 등산도 하면서 대화도 많이 했어요. 직업에는 귀천이 없는 거다, 젊을 때 하고 싶은 것은 다 해봐라, 사람들 도우면서 살아라, 무엇이든 네가 일하는 분야에서 최고가 되어야 한다……. 진짜 웃긴다니까요."

부모에 대한 환상이 깨지는 것은 아픈 일이다. 나의 우상이자 완벽한 존재였던 부모가 아니던가. 태어나면서부터 생명의 본능을 지키기 위해 우리는 필사적으로 엄마, 아빠를 찾는다. 맛있는 밥과 포근한 잠자리 곁에는 항상 엄마가 있었고, 병뚜껑 따기부터 슈퍼맨 같은 달리기까지 신 같은 영웅의 자리에는 아빠가 있었다. 그렇게 기대며 살아온 부모가 그저 나와 같은 '인간'에 불과했다는 진실은 충격적일 수밖에 없다. 선우는 그 진실을 매우 혹독하게 깨달은 것이다.

"아빠도 사람이야. 너처럼 이중적이고 속 좁고 부족한 게 많은 사람."

"맞아요, 진짜……. 그걸 진작 알았더라면 그렇게 죽자고 대들지도 않았을 거예요."

"요즘도 자주 부딪히니?"

"말도 잘 안 해요. 자기 꼴릴 때 뭐라뭐라하긴 하는데, 그냥 내버려 둬요."

존경과 권위를 잃은 아버지는 이제 선우에게 어떤 의미도 없었다. 아버지의 무능함이란 이런 게 아닐까.

"선우야, 정말 대단한 정신력이야. 집안 물건 다 부서지고 맨날 큰 소리 나는 집에서 가출도 안 하고 사는 것도 대단하고, 그런데도 비뚤어지지 않고 네가 하고 싶은 걸 지킨 것도 대단하고."

"네. 친구들도 다 그래요."

"그러니까 너는 분명히 꿈을 이룰 거야. 지금은 마음 추스르기도 버겁지만 시간이 지나면 문득 아빠 생각이 날 때가 있을 거야. 너와 똑같은 사람 하나가 늙어 가고 있겠지. 어쩌면 신이 너를 더 강하게 하려고 아빠에게 악역을 맡긴 건지도 몰라. 마음고생도 안 해본 배우가 어떻게 연기를 할 수 있겠어."

"하긴, 그럴 수도 있겠네요."

"언젠가 아빠가 불쌍하게 느껴질 만큼 네 마음이 크면 그때는 더 멋있는 배우가 될 거야. 그건 내가 장담한다."

선우는 크게 끄덕였다.

희망과 분노와 증오와 열정이 함께 들끓는 열일곱 살 소년은 얼마나 위태로운지. 선우는 고집스럽게 꿈을 꾸며 철이 들고 있었다. 멋진 녀석. 밖에서 기다리는 엄마를 만나니 다시 무뚝뚝해진다. 처음처럼 말도 없이 꾸벅 인사하고 돌아서는 선우. 부디 실망의 상처가 아름다운 꽃으로 피어나길 바란다.

부모님의 두 얼굴, 진짜 실망!

아름다운 꿈을 질투하는 것일까?
그 꿈을 이룰 만한 자격이 있는지
심사라도 하듯
꿈꾸는 자들에게는
항상 시련과 고통이 따른다.

두 번째 공감 이야기

아빠의 편지

우리 딸이 벌써 열일곱 살이구나.

다 큰 딸이지만 아빠는 지금도 너의 옹알이 소리가 생생하단다. 어른들이 옛날을 얘기하면 노인네 티 내는 것 같아 눈살을 찌푸렸는데, 아빠도 별수 없나 보구나.

엄마와 아빠는 7년 동안 너를 기다렸어. 병원이며 한의원이며 전국을 돌아다니다가 겨우 너를 얻게 되었지. 네가 태어나던 날 아빠와 엄마는 얼마나 감격스러웠는지, 밤을 새워 네 이야기를 하며 울고 웃었지.

뒤뚱거리며 걸음마를 배우던 모습, 유치원 가방을 메고 좋아하던 모습. 어느 하나 소중하지 않은 추억이 없단다. 네가 초등학교 3학년 때였던가? 아빠에게 책 읽어 주기 숙제를 해야 한다며 출장 중인 나에게 전화를 했었지. 피곤하기도 하고 귀찮기도 해서 터널 들어가면 통화가 잘 안 된다고 말하려고 했는데, 너는 무작정 책을 읽기 시작하더라. 휴대폰 너머에서 들려오는 너의 목소리는 얼마나 사랑스러운지. 아빠는 기차 화장실에 쭈그려 앉아 바보처럼 웃으면서 행복했단다.

우리 딸은 점점 예뻐지는데 아빠는 나이도 들고 배도 나와 볼품이 없어지는구나. 너를 늦게 보아 더 그런가 보다. 딸과 친구처럼 지내는 후배들을 보면 부럽기도 하고 너에게 미안하기도 하단다.

아침부터 밤늦게까지 공부하느라 애쓰는 너를 보면 안쓰러울 때가 많아. 식사 거르지 말고 건강 챙겨라. 너의 노력은 분명 훌륭한 열매로 맺힐 거야. 아빠가 쉬지 않고 기도할게. 사랑한다.

선희 열일곱 실 생일을 축하하며

아빠가

추신: 편지를 주려고 들어오는데 방문 앞에 '출입금지' 메모판이 그대로네. 네 방을 지날 때마다 늘 서운했는데, 이제 그만 치울 수 없겠니? 부탁해.

115

3.

공부라는 녀석의 정체는 뭘까?

어른들의 삶이 돈을 중심으로 돌고
그것에 일과 보람이 얽혀 있듯
청소년들의 삶은 성적을 중심으로 돌고
그것에 공부와 보람이 얽혀 있다.
어른들이 통장 잔고를 보며 기가 막히듯
청소년들도 성적표를 보며 기가 막힌다.
누군가 어른들에게 '돈을 왜 그것밖에 못 버느냐'고
잔소리한다면 어떨까.
청소년들에게 '공부를 왜 그것밖에 못하느냐'고
잔소리하는 것은 죄악이다.
성적 때문에, 그놈의 공부 때문에 자존심이 박살났다면
아무도 없는 곳에 가서 펑펑 울자.
다 울고 난 후의 말간 나른함,
그리고 한숨 자고 나면 그만이다.

도대체 왜, 공부를 해야 하는 건데?

싱희를 만난 날은 머리가 어지러울 만큼 바쁜 날이었다. 오전에 지방 강의가 있어 일찍부터 일어나 기차를 타서, 오가는 기차 안에서는 마감 날짜를 맞춰야 하는 칼럼을 썼고, 서울로 와서는 연이어 학생들을 만났다. 하루 종일 먹은 것이라고는 우동과 햄버거뿐. 계속 들이킨 커피로 속이 쓰리고, 허기와 피곤으로 눈은 튀어나올 것 같고, 입에서는 단내가 날 지경이었다.

밤 10시, 내 앞에 앉은 상희는 대뜸 이렇게 물었다.

"선생님, 저는 정말 공부를 왜 해야 하는지 모르겠어요."

"어, 글쎄. 나도 모르겠다."

이렇게 피곤한 때에 이 어려운 질문을 받다니. 나는 상희와 진지한 이야기를 할 힘도, 멋지게 설득해 낼 자신도 없었다.

"아, 진짜 저는 심각해요. 공부를 하려고 하다가도 '내가 뭐하는 거지? 이걸 왜 하고 있지?' 생각하면 아무것도 못 하겠어요."

그렇다. 나를 위한 공부라는 것, 내 미래를 위한 공부라는 것을 다 알면서도 뭔가 진심이 아닌 것 같은 답답함. 머리로 이해하는 것과 가슴이 뜨거워지는 것은 별개.

"꿈이 뭐니?"

"모르겠어요. 그래서 더 미치겠어요."

하긴 확고한 꿈이 있다면 날 만나러 오지도 않았을 것이다. 식상한 몇 마디로 해결될 답답함은 아니리라.

"괜찮아. 지금 네 나이에 꿈이 확고한 사람이 몇 명이나 되겠니. 천천히 생각해. 점점 꿈이 변하기도 할 테니까."

"그래도 다른 애들은 어느 과 갈 거고 어디서 일할 거란 생각은 다 하는 것 같아요. 되게 구체적이던데요?"

"그렇게 현실을 빨리 받아들이는 애들이 있어. 넌 이상과 가치에 대해 생각이 많은 거고. 성향 차이야. 그 친구들이라고 해서 공부를 왜 하는지 알고 하겠니? 그냥 하는 거지."

"하긴, 그렇네요. 근데 저는 왜 공부가 안 될까요?"

"공부가 안 되는 게 아니야. 네가 안 하는 거지. 중요한 건 네가 계속 놀고 있다는 거야. 공부를 왜 해야 하는지 모르겠다는 답답함을 핑계 삼아. 오늘도 공부 제대로 안 했지?"

"헐! 선생님 그렇게 대놓고 말하는 게 어딨어요."

한숨으로 자신의 한심함을 인정해 버리는 상희. 몇 마디를 나누는 동안 피곤이 좀 풀어진 나는 상희와 긴 이야기를 나누었다. 공부와 인생과 대학과 점수와 세상과 평등과 인류……. 밑도 끝도 없이 이어지는 대화는 상담이라기보다 그동안 쌓이고 막혔던 생각의 '배설'이었다. 결론이 있든 없든 이렇게 풀어내야 사람이 살 것 아닌가. 공부는 그 다음이다.

성남의 한 중학교에서 특강이 있었다. 학부모님은 도서관에 모여서, 학생들은 각 반으로 송출되는 화면으로 강의를 들었다. 전교생이 모두 듣는 강의인 만큼 한마디도 소홀히 할 수가 없었다. 강의를 모두 마치고 질문과 답변이 오가는 시간. 아쉽게도 강의 현장에 있던 방송반 학생 몇 명의 질문으로 전교생의 궁금증을 대신할 수밖에 없었다. 그마저도 마무리될 즈음 학부모라고는 하나 대부분 어머니이던 틈에서 한 아버지가 손을 들었다. 질문은 명료했다.

"아무리 좋은 공부 방법이나 습관도 자기가 하려고 하지 않으면 소용이 없을 것입니다. 부모가 아무리 말해도 애들은 잔소리로만 듣거든요. 선생님께서 모든 학생들에게 공부를 왜 해야 하는지 다시 한 번 말씀해 주시길 바랍니다."

모든 부모님의 마음이 이와 같지 않을까. 공부를 왜 해야 하느냐는 자녀의 질문이 당황스러웠을 거다. 부모님도 어린 시절 그 답을 명쾌히 몰랐을 테니까. '네 미래를 위해서'라고 하자니 너무 뻔하고, '학생의 본분'이라 하자니 말하는 부모 역시 전혀 내키지 않았으리라. 전교생이 보고 있는 카메라 앞에서 나는 참으로 중요한 이야기를 해야 했다.

"미래를 준비하는 방법이 공부만 있는 것은 아닙니다. 공부를 하든 축구를 하든 요리를 하든 내가 하고 싶은 것을 하면 되지요. 그러나 여러분은 지금 공부를 하러 학교에 왔고 대부분은 진로와 상관없이 공통적으로 학교 공부를 이어 나갈 것이기 때문에 공부를 열심히 해야 합니다. 중고등학교에 해당하는 6년은 여러분의 성장기 전부에 해당합니다. 누구나 잘 살고 싶고 꿈을 이루고 싶지만 모두 그렇게 되는 것은 아닙니다. 성공하기 위해 필요한 조건이 있지요. 좋은 습관, 긍정적인 사고방식, 꾸준한 노력, 포기하지 않는 근성, 자기 관리……. 어른이 된다고 갑자기 생기는 것이 아닙니다. 성장기를 거치며 조금씩 완성되는데, 우리는 성장기 내내 학교를 다니며 공부를 하니 공부를 하면서 성공하는 방법을 익혀야 하는 것입니다. 자는 시간, 일어나는 시간을 규칙적으로 지키기, 모든 수업에 집중하기, 그날 배운 것을 미루지 않고 복습하기, 스스로 계획한 것을 지키기, 친구들과의 관계, 선생님과의 관계, 꾸준한 노력……. 의미 없어 보이는 중간고사, 기말고사 공부를 하면서도 우리는 성공을 연습합니다. 그러니 공부를 왜 해야 하는지보다 어떻게 하면 공부를 '제대로' 할 수 있을지 고민하세요. 높은 점수가 나왔어도 내가 성실히 공부했는지 되돌아보고, 생각만큼 결과가 좋지 않아도 스스로 당당할 만큼 노력했다면 괜찮은 겁니다. 이 점은 부모님들도 지켜 주셔야 합니다. 매 순간 성공의 습관을 만든다는 생각으로 공부하시길 바랍니다."

말을 마치며 질문을 한 아버지를 바라보았다. 충분한 답이 되었을까. 연신 끄덕이며 뭔가를 적는 모습을 보니 조금이나마 도움이 된 듯해 마음이 놓였다.

도대체 공부를 왜 해야 하느냐는 항변은 공부를 정말 하기 싫을 때, 더 솔직히는 기대만큼 공부를 해내지 못해 자존심이 상할 때 내세우는 최후의 논리이다. 외워도 외워도 까먹던 수행 평가에서 아슬아슬하게 만점을 받던 날 공부를 왜 해야 하는지 궁금하던가? 수첩에 빼곡히 적혀 있던 계획을 신기하게도 모두 해냈던 날 공부를 왜 해야 하는지 궁금하던가? 공부를 왜 해야 하는지 모르겠다는 답 답증은 그저 무던히 진정 어린 노력을 반나절만 지속하면 자연스럽게 사라진다.

'이걸 왜 외워야 하는데?'라는 의문은 게으름도 합리화시켜 주고, 무언가에 몰입하기 두려워하는 마음을 정당화시켜 주기도 한다. 그런 점에서 '왜 해야 하는데?'라는 의문은 참 편리하다. 그렇게 조금씩 책상은 지저분해지고 의자에 앉은 자세는 뒤로 슬슬 젖혀진다. 뭔가 손해 보는 느낌 아닌가? 중요한 것은 공부를 하는 이유가 아니다. 지금 이 복잡한 마음을 추스르기 위해 내가 어떤 노력을 하고 있느냐이다. 혹시 그냥 방치해 두고 있는 것은 아닌지?

내 말이 다 맞다 해도 백 마디의 장황한 설명이 다 무슨 소용인가. 이 말을 모두 들은 학생은 그저 끄덕이기만 할 뿐 전혀 행복하지 않다. "오늘 피곤해 보인다. 일찍 자라." 하는 토닥임만도 못하다. 도대체 공부를 왜 해야 하느냐는 비참한 논리성 뒤에는 그렇게라도 위로받고 싶은 상처와 다친 마음이 있다.

이런저런 고민으로 시달리는 학생들을 자주 만나다 보니 "공부를 왜 해야 하는지 정말 모르겠어요."라고 심각하게 묻는 학생들의 공통점을 두 가지 발견했다.

하나는 뭔가 큰 스트레스에 빠져 있다는 것. 성적, 진로, 이성 친구 등등 이유가 무엇이든 갈등 속에서 '도대체 왜!'라는 아우성이 터져 나오는 것이다. 그래서 요즘은 "그래, 힘들겠구나." 하고는 말을 아낀다. 답도 없는 고민을 하느라 힘들 것이고, 답도 없는 고민을 할 수밖에 없는 상황이 힘들지 않겠는가.

다른 하나는 이 질문을 하는 녀석들은 모두 마음속 깊은 곳에 공부를 잘하고 싶은 열망이 있다는 것. 그 열망이 부담감으로, 열등감으로 변질되긴 했으나 어쨌든 신나게 공부하고픈 마음이 도사리고 있다. 진정 공부할 마음이 없는 녀석들은 공부를 왜 하는지 묻지도 따지지도 않는다. 세상만사 다 귀찮아진 녀석들. 그 아이들의 표정에는 '공부를 왜 해야 하는 건데요? 대학? 안 가도 되는 거잖아요. 그냥 내버려 두세요.'라고 아주 분명하게 쓰여 있다. 이런 경우는 보통 부모의 강압적이고 조급한 양육 방식이 원인이다. 어려서부터 '난 아무것도 할 수 없어. 난 부모님을 기쁘게 해드릴 수 없어.'가 학습되어 사춘기를 거치면서 아무것도 하려 하지 않는다.

잘 먹고 잘 살기 위해서? 좋은 대학 가기 위해서? 모두 마음에 흡족하지 않을 것이다. 명확하지도 않은 꿈을 위해 지금의 미친 경쟁을 정당화할 수도 없다. 그러나 어디 공부뿐인가. 정치, 세금, 빈부 격차, 환경 오염……. 사람이 만들어 놓은 것은 모두 부실하고 어이없다.

125

무엇을 위해 지금 공부를 하는 것이 아니다. 이 순간 최선을 다하는 내 모습이 좋기 때문에 하는 것이다. 행복은 아주 짧은 찰나에 느껴지기도 하지 않던가. 점수는 의미 없지만 점수를 위해 쏟은 노력과 그 결과로 느꼈던 뿌듯함은 죽을 때까지 남는다. 지금 내 앞에 무엇이 있는가. 펼친 책 앞에서 자세를 바로잡자. 10분만 집중해도 그만큼의 성취감이 느껴질 테니.

그저 힘든 마음에 '도대체 왜!'를 내세웠던 거라면 나를 꼭 안아 주자. 괜찮다. 모두들 그렇게 삶의 목적과 이유를 찾으며 살아가는 중이다. 나 역시도 왜 사는지 똑 부러지게 말할 자신이 없다. 다만, 이렇게 한가득 글을 쓰고 났더니 더 공부하고 더 배우고 더 좋은 책을 많이 읽어서 학생들에게 더 실감나는 내용으로 도움을 주고 싶다는 생각이 든다. 나는 이 다짐으로 오늘 하루를 살아 낼 것이다.

우리들의 공부도 그렇지 않을까. 내가 노력하는 이유, 내가 열심히 살아야 하는 이유는 천천히 깨닫게 될 것이다. 내가 만들기도 하고, 이루기도 하는 평생의 숙제니까.

상희의 얼굴이 한결 편안해 보였다. 고등학생들에게 공부는 참으로 형식적인 '노동'이다. 아마도 이 세상은 의미 없는 것에도 최선을 다하는 인재를 찾는 것 아닐까.

"의미 없는 공부인 것 같아도 네가 할 수 있는 노력을 다 쏟아

봐. 방 청소든 책가방 싸기든 다 마찬가지야. 더 고민하고 생각해
봐. 책도 좀 읽고."

"그래야겠어요. 좀 시원하네요. 고맙습니다."

그제야 내 피곤한 몰골이 보였는지 아까 학교에서 받은 거라며
비타민 음료를 내민다. 미지근한 병을 받아 들며 조금 자란 상희를
느낀다. 예쁜 것.

도대체 왜, 공부를 해야하는 건데?

열세 살이 지나면서 인간의 사고력은 폭발적으로 성장한다.
더 깊은 생각, 더 어려운 문제를 해결할 수 있게 되는 것이다.
반면 이전에는 생각지도 못했던 복잡한 고민에 빠져들기도 한다.
어렸을 때라면 그저 울고 말았을 텐데 조금 크니 걱정도 많아진다.
왜 공부를 해야 할까? 왜 살아야 할까?
답 있는 공부만 하다 보니 답 없는 질문에 익숙지 않을 뿐,
머리로 해결되지 않는 문제는 가슴으로 품어라.
오랜 시간 품다 보면 지혜가 되어 나를 빛낼 것이다.

너 꼴찌잖아

학교 수업과 평소 공부를 강조하는 나의 원칙에 따라 시험 기간에는 학생들을 만나지 않는다. 죽이든 밥이든 평소에 공부한 대로 스스로 시험을 치러야 한다는 것이 나의 지론이지만, 사실 아이들은 벼락치기를 하느라 나를 보러 올 여유가 없으리라.

화연이를 다시 만난 것은 기말고사가 끝나고 일주일이 지나서였다.

"그동안 잘 지냈어?"

나는 시험이 끝난 직후 시험과 점수 이야기를 의도적으로 하지 않는다. "시험 잘 봤어?"라는 인사 대신 평소와 다름 없이 "잘 지냈어?"라고 한다. 시험 이야기를 하고 싶으면 아이들이 먼저 꺼내는 법. 시험 잘 봤느냐는 질문을 얼마나 많이 들었겠는가. 나까지 아이들의 마음을 불편하게 하고 싶지 않다.

"진짜 최악이었어요."

화연이는 눈까지 동그랗게 뜨며 정색을 했다. 무슨 골 때리는 일이 있었던 것일까.

"시험공부를 하러 친구랑 도서관에 갔거든요. 시험 기간 내내 계속 걔랑 같이 공부하러 도서관에 갔었어요. 그런데 시험 둘째 날인가? 아무튼 저녁에 걔네 엄마가 김밥 같은 걸 사 갖고 온 거예요. 걔랑 친하니까 걔네 엄마도 저를 잘 알아요. 그래서 휴게실에 가서 아줌마한테 인사를 했는데, 걔가 갑자기 엄마한테 '엄마, 얘 우리 반 꼴찌야.' 이러는 거예요. 완전 어이없어서. 그런 말을 엄마한테 왜 해요? 진짜 똘아이."

그날 이후 화연이는 그 친구와 연락이 뜸해졌다. 친구네 엄마가 화연이와 친하게 지내는 것을 못마땅하게 여겼기 때문이다. 화연이의 성적이 '아랫동네'에 있는 것은 사실이지만 진짜로 꼴찌를 한 것은 처음이었다. 꼴찌라는 당혹스러움에 화연이는 어찌할 바를 몰랐고, 다툼과 격려를 반복하던 부모님과 나를 찾아왔던 것이다.

기말고사에서는 성적을 꼭 올려 놓겠다고 주먹을 불끈 쥐던 화연이었는데, 그 방정맞은 친구 때문에 화딱지가 난 모양이다.

"너 꼴찌잖아."

"네……."

"근데 짜증날 게 뭐 있어."

사춘기 아이들은 감정 관리에 미숙하다. 나는 화연이가 구체적으로 무엇 때문에 짜증이 난 것인지 자신의 감정을 객관적으로 바라보기를 원했다.

"그걸 엄마한테 말하면 걔네 엄마도 절 무시할 거고……. 아무튼 남의 성적을 막 말하니까요."

"자존심 상했다 이거야?"

"자존심도 상하고, 걔 말투가 완전 저를 우습게 보는 투였어요. 그것도 모르고 저는 걔랑 계속 어울려 다녔으니 얼마나 바보 같아요. 그리고 걔네 엄마도……. 하긴 내가 엄마여도 꼴찌랑 노는 걸 싫어하겠지만, 몇 년 동안 알고 지낸 사이인데 어떻게 성적 하나 가지고 화연이랑 놀지 말라고 할 수가 있어요?"

꼴찌를 대하는 사람들의 태도, 말투. 화연이는 거기에서 상처를 받은 듯했다. 그것은 자신이 꼴찌를 했다는 사실보다 더 충격이었고, 서운함이나 창피함보다 놀라움에 가까웠다.

"그 엄마는 참 성적에 민감한 분인가 보다."

"네, 원래 좀 그랬어요."

"엄마가 성적에 민감하다는 것을 알면서 그 친구는 왜 네가 꼴찌라는 얘길 했을까? 엄마가 펄쩍 뛸 것이 뻔한데."

"그러게요."

화연이는 그제야 상황을 차분히 생각하기 시작했다.

"내 생각에 그 친구도 별로 공부를 잘할 것 같지는 않은데?"

"네, 저랑 삐까해요."

"그 친구는 엄마한테 자기가 그래도 너보다 낫다는 것을 말하고 싶었던 게 아닐까?"

"어, 그럴 수도 있겠네요!"

점수에 신경을 쓰는 엄마와 눈치를 보며 사는 친구. 집에서는 늘 성적 때문에 기를 펼 수 없지만 화연이를 만나면 그래도 자신이 좀 낫다는 안도감을 느꼈을 것이다. 엄마에게 '엄마, 내가 아주 못하는 건 아니야.'라는 의미를 전달하고 싶었으나 엄마가 듣기에는 말도 안 되는 소리다. 자기보다 잘하는 친구와 함께 공부하며 조금이라도 나아질 생각은 하지 않고, 꼴찌랑 공부하면서 위안을 받고 있다니.

"화연아, 가만히 생각해 보면 세상에 열 받을 일 그렇게 많지 않

아. 그 엄마는 어떤 마음일까? 이제 대학 갈 공부를 시작해야 하는데, 고등학교에 와서도 딸내미 성적이 지지부진하니 답답하기도 했을 거야. 늘 친하게 지내는 화연이가 꼴찌를 했다니 얼마나 놀랐겠어. 내 딸도 꼴찌 할 수도 있겠다는 생각이 들었을 거야. 아줌마도 사람인데 겁이 덜컥 나지 않았을까?"

"……그렇겠네요."

"그 엄마도 자식 키우는 사람인데 왜 너한테 미안한 마음이 없겠어. 친구도 마찬가지일 거야. 그 순간 네 기분이 좀 상할 수는 있지만, 마음 넓은 네가 크게 생각하고 넘어가."

"그러고 보니 걔도 좀 불쌍하네요."

화연이는 편안해졌다. 십대들이 살아가는 일상 속에 성적 욕심, 자존심이 얼마나 치열한가. 그 안에서 얽히는 감정의 문제들을 바르게 풀어내는 일은 중요하다. 숫자보다 사람을 더 중요하게 여기는 마음이 필요하지 않을까. 그 말, 그 성적보다 그 말을 한 사람은 어떤 마음일까, 그 성적을 받은 친구는 어떤 마음일까 생각을 해본다면 이해하지 못할 것은 하나도 없다. 큰 꿈은 큰 마음을 품는 사람이 이루는 법. 상대의 마음을 생각하는 큰 마음이 필요하다.

너 꼴찌 잖아

인간은
얼마나 가난하고 얼마나 풍요하고,
얼마나 비굴하고 얼마나 당당하고,
얼마나 복잡하고 얼마나 멋진 존재인가.

-에드워드 영(영국 시인)

나도 공부
잘하고 싶어

향기를 생각하면 상큼하고 달콤한 체리 향이 떠오른다. 톡 건드리면 체리 향이 퐁 터질 것 같은 아이. 웃음이 많고 쾌활해서 향기의 주변은 늘 즐겁다. 머리에는 커다란 분홍 리본, 양말은 푸우 컬렉션, 펜 하나를 살 때도 꼭지에 샬랄라 깃털이나 인어 공주라도 하나 앉아 있는 것을 골랐다. 교복은 당연히 몸에 꼭 맞게 수선을 해서 입었고, 책가방을 쌀 때도 가방 모양이 찌그러지지 않는 범위 내에서 책을 담았다. 멋 내기를 좋아해 겉모습만 보면 날라리처럼 보일 수도 있으나 나쁜 짓은 하지 않았다. 친구들에게 인기도 많고 선생님들에게도 귀여움을 받았다. 공부는 못하지만 그냥 정이 가는 아이. 향기는 그런 아이였다. 엄마도 향기가 행복한 향기를 풍기며 즐겁게 성장하는 것으로 충분하다 여겼다. 그러던 어느 날, 향기가 책을 한 권 들고 와서는 나를 만나고 싶다고 했다.

"얘는 성적이야 어찌되든 그런 건 관심 없어요. 그저 자기 멋에 사는 애거든요. 그런데 이 책 쓴 선생님을 만나고 싶다는 거예요. 책을 보니까 공부하는 내용이더라고요. 공부는 전혀 생각 안 하는 줄 알았는데, 향기도 공부 잘하고 싶은 마음이 있었나 봐요. 엄마인 내가 너무 무심했나 싶어서 향기한테 미안하더라고요."

아이들에게 성적은 어른들의 돈과 같다. 아무리 예쁘고 인기 많아도 공부를 못하면 어딘가 힘이 빠진다. 향기도 평소 향기답지 않게 공부 이야기만 나오면 부끄러워했다.

"너 지금 몇 등이야?"

"네? 아, 진짜, 선생님……."

"어느 정도인지는 알아야 어떻게 공부할지 생각을 할 게 아니니?"

"아, 진짜…… 저 진짜 공부 못해요."

뚱뚱한 사람에게 몸무게를 묻는 것이 금물이듯 공부 못하는 아이들에게 성적을 묻는 것도 금물이다. 하지만 살 때문에 스트레스를 받고 살을 빼고 싶어 비만센터에 갔다면 제일 먼저 말해야 할 것은 몸무게다. 향기도 마찬가지. 겉으로는 빼고 있지만 속마음은 어딘가 속 시원히 내놓고 제대로 공부하고 싶어 한다. 공부 못하는 열등감과 스트레스에서 벗어나고 싶지 않았다면 내 책을 읽지도, 나를 찾아오지도 않았을 것이다.

"괜찮아, 말해 봐. 난 공부 못하는 애들 맨날 만나니까 놀랍지도 않아."

"28등이요."

"반이 몇 명인데?"

"34명이요."

"에이, 그 정도면 양호하네."

가장 어려운 것을 털어놓고 나면 그 다음은 편하다.

"공부를 안 하는 건 아니잖아, 그치? 그동안 어떻게든 공부를 했을 거야. 공부한다고 친구네 갔다가 노는 날이 더 많기야 하겠지만."

"어우, 네."

"그럼, 공부하기가 어렵다고 느낀 건 언제야? 답답하고 잘 안 될 때 말야."

"흠……."

향기의 머릿속에는 어떤 장면이 떠올랐던 것일까. 생각만으로도 눈물이 차올랐다.

"영어 같은 걸 외울 때요."

"영어라……. 단어? 문장?"

나는 향기에게 훌쩍거릴 틈을 주기 위해 궁금하지도 않은 질문을 몇 개 던졌다.

"시험 볼 때는 본문 다 외우라고 하잖아요. 다른 애들은 몇 번 보면 다 외우는데 저는 못 하겠어요."

자존심이 강한 십대들은 자신이 운 것을 부끄럽게 여긴다. 눈물이 뭐 별건가. 긴장하면 오줌 마렵듯, 밥 먹으면 침 나오듯, 상처 나면 피 나듯, 눈물도 그저 자연스러운 것이다.

"씨, 왜 눈물이 나지?"

"힘들었을 때를 생각하면 눈물도 나는 거야. 계속 얘기해."

나는 태연하게 주유소에서 받은 휴지를 건네주었다.

"잘 외우는 애들은 사회, 국사 이런 것도 그냥 시험 잘 보는데, 저는 하나도 안 외워져요. 외워지지 않아요."

향기가 부딪힌 것은 진짜 공부를 못하는 자신의 모습이었다. '그까짓 것 뭐 내가 맘만 먹으면 하지.'라고 생각했던 공부가 맘을 먹어도 잘 안 되니 겁이 났던 것이다. 별것 아니라며 쉽게 외우는 친구들 앞에서 초라해진 향기. 정말 바보가 되어 버린 것은 아닌지,

아니면 애초에 모자란 것은 아닌지 별별 생각을 다 했다.

"북한에서는 탈영했다 잡혀 온 병사들을 어떻게 다스리는 줄 아니?"

"……."

"의자에 앉혀서 온몸을 의자와 함께 묶는대. 특히 다리는 더 꽁꽁 묶지. 그러고는 보름 동안 아주 조금씩만 죽을 먹인다는 거야. 그리고 줄을 다 풀면 다리에 힘이 없어서 일어서지를 못한대. 두 다리가 있는데도 도망가지 못하고 그냥 앉아 있는 거야. 지금 네가 그래. 공부를 안 해봤으니 공부할 때 써야 할 머리가 힘이 없는 것뿐이야."

"네."

"친구들은 학원에서, 엄마한테서 하도 닦달을 당하다 보니까 그런 거고, 너도 그냥 하면 돼. 인래 외울 능력이 없는 사람은 없어. 그리고 외워서 하는 공부도 중학교까지가 끝이야. 무슨 공부를 외워서 하냐. 고등학교 가면 영어 본문 외울 시간도 없고, 외우는 애 아무도 없어. 수능은 외운다고 풀어지냐? 괜찮아, 걱정하지 마."

향기처럼 말 많고, 웃음 많고, 친구 많은 녀석은 조용히 혼자 공부하는 것이 지루하다. 기질적으로 언어 감각이 뛰어나니 공부를 할 때도 조잘거리는 것을 좋아하는데, 국어책을 읽을 때는 아나운서가 된 듯, 등장인물이 된 듯 리얼하게 읽는 것이 재미있고, 영어 책을 읽을 때는 원어민 선생님 흉내를 내며 오버하여 발음을 꼬아 보는 것이 재미있다. 국사, 사회, 도덕, 가정도 무조건 외울 것이 아니라 스스로 선생님이 되어 단원별 수업을 하면 좋다. 친구들과 서로 예상 문제를 내서 퀴즈 내기를 하면 얼마나 재미있을까. 문제를 내는 동안 공부를 하고, 친구의 예상 문제를 보며 미처 공부하지 못한 부분을 발견할 수 있다.

"향기야, 너 같은 외향형 아이들이 공부하기에 학교는 너무 조용해."

"아, 진짜예요."

"선생님 설명에 맞장구를 칠 수가 있나, 친구랑 이야기를 할 수가 있나. 그래도 뭐 어쩌겠니. 사람은 누구나 스스로 커야 하는 법이야. 어두컴컴한 독서실 대신 확 트인 공원으로 나가라. 신나게 떠들면서 공부해. 집에서도 곰 인형 죽 앉혀 놓고 설명하면서 공부하고. 알았지?"

"오, 완전 좋아요."

향기는 오버하며 책 읽는 것 하나는 자신 있다며 눈을 빛냈다.

"지금까지 살면서 스스로 노력하고 실천한 것 중 제일 뿌듯한 게 뭐였니? 친구들이랑 가족한테 대단하다고 칭찬받은 거 말야."

스스로 노력해서 성취감을 느낀 경험은 중요하다. 그것이 무엇이든 그 성취감은 다음 성공의 자신감이 되기 때문이다. 아무 의욕도 없이 사는 아이라면 모를까, 늘 에너지가 넘치는 향기라면 '우리 반에서 앞머리 제일 예쁘게 드라이할 수 있어요.' 같은 거라도 하나 있을 것이었다.

"다이어트요!"

쾌활한 향기의 목소리가 돌아왔다.

"다이어트? 그거 진짜 아무나 못 하는 건데?"

"친구들 다섯 명이랑 같이 시작했거든요. 저녁 9시 이후에는 아무것도 먹지 않기로 했는데, 다 포기하고 지금까지 하는 애는 저밖에 없어요."

향기는 수련회에 가서도, 이모네가 집에 놀러 왔을 때도, 밤늦도록 놀면서도 간식은 전혀 먹지 않았다고 했다. 운동이든 음식 조절이든 어떤 형태로든 다이어트를 해본 사람은 알 것이다. 향기의 노력이 얼마나 위대한 것인지를. 한창 먹고 싶은 것이 많을 나이에 식욕을 통제하기란 얼마나 어려운가. 그 정도 의지라면 충분하다.

"야, 그거 대박이다. 내가 성적 올리는 애들은 많이 봤어도 다이어트 성공하는 애는 못 봤거든. 얼마든지 공부할 수 있어. 걱정하지 마. 장담컨대 성적 올리는 건 다이어트보다 쉬울 거야!"

향기처럼 성격 좋은 아이들은 자신의 스트레스를 티 내지 않는
다. 걱정도 없이 생각도 없이 그저 웃으며 지내는 것 같지만 속에
는 스스로 감당하기 어려운 고민이 분명 있다. 하루하루 즐겁게 사
는 것에만 익숙했을 뿐, 이런저런 마음의 어려움을 어떻게 해결해
야 하는지 몰랐으리라. 아이들은 이렇게 울면서, 비밀을 털어놓으
면서 자란다.

"향기야, 주변의 모든 사람을 내 편으로 만들 수 있는 능력은 엄
청난 재산이야. 그 힘으로 사람을 얻고 계약을 따 내고 협상을 이끌
고 약자를 돕는 거니까. 그건 책상 앞에서 꼼지락거리면서 공부만
잘하는 애들에게는 없는 거야. 절대 기죽지 마. 그리고 노력을 더
해나가자. 알았지?"

"네!"

팔랑거리며 돌아가는 향기의 모습이 얼마나 예쁜지. 내 입에는
하루 종일 미소가 걸렸다.

나도 공부
잘하고 싶어

말 많고 활동적인 아이들은 어려서부터
시끄럽다, 산만하다는 꾸중을 듣는다.
선생님 설명에 대답하고 친구들과 이야기하며 공부하는 것이
허용되지 않는 학교.
학교는 외향적인 아이들이 자기답게 공부를 즐기기에
적당한 곳이 아닐지도 모른다.
기죽지 말자. 내가 이상한 게 아니다.
학교에서 모범생이라 불리는 친구처럼 되려 하지 말자.
온 우주에서 단 하나뿐인 나니까
내 스타일대로 살아가기를 소망하자.

이성친구 때문에 성적이 떨어진다고?

함께 공부하던 녀석이 갑자기 엄마 휴대폰으로 메시지를 보냈다. 학생들은 종종 배터리가 없거나 무료 메시지 건수가 부족할 때 부모님 휴대폰으로 연락을 하곤 하는데, 이 녀석은 아예 휴대폰을 쓸 수 없게 되었다고 했다.

"전화가 계속 울렸는데 제가 화장실에 있어서 못 받았어요. 한두 번 해서 안 받으면 메시지 남기거나 하는데, 몇 번씩 같은 번호가 뜨니까 무슨 급한 일이 있나 해서 아빠가 받은 거예요."

딸아이의 전화를 대신 받았을 때 남학생 목소리가 들린다면 어떤 아버지가 침착할 수 있을까. 녀석의 휴대폰은 그 자리에서 두 동 강이 났다.

"남자 친구 없다더니 왜 거짓말을 했냐고 막 소리 지르고 난리였어요. 성적이 왜 떨어졌나 했더니 남자 친구 만나느라고 그랬냐고……. 저 완전 죽을 뻔했어요."

녀석은 진짜 죽다 살아난 표정이었다.

"좀 친하긴 한데 특별히 사귄다는 생각은 안 해봤어요. 초등학교 때부터 알던 사이고 학원도 같이 다녔으니까. 그냥 말도 잘 통하고 편한 친구 있잖아요. 하루 이틀 아는 친구도 아닌데 갑자기 걔 때문에 성적 떨어진다는 것도 웃기고요."

이유야 어찌되었든 이후 녀석은 열나게 공부를 해야 했다. 중간고사에서 30점대였던 수학 점수를 기말고사 때 90점대로 올려 놓아야만 휴대폰을 받을 수 있었기 때문이다. 공부 시간을 정할 때마다 늘 엄마 휴대폰으로 연락을 했고, 학교에 갈 때도 운동을 하러 갈 때도 엄마 휴대폰을 들고 다녔다. 통화 목록이며 메시지함도 엄마와 공유해야 하니 정말 꼼짝 못하는 생활이 시작된 거다. 그 망할 놈의 친구 때문에 우울한 한 주를 보낸 아이와 만났다.

"엄마는 사귀든 안 사귀든 이성 친구는 절대 만나지 말래요. 별로 친하지 않다고 해도 같이 다니는 걸 보면 이웃 엄마들이 누구랑

145

같이 다닌다면서 말을 퍼뜨리니까 사람들 입에 오르내리는 게 싫다고."

"그래. 다른 엄마들 사이에서 자기 딸 이야기가 오가는 건 기분 나쁘지."

"그런 것 때문에 내가 친구도 못 사귀는 건 말이 안 되잖아요."

"엄마는 뭐 그렇게 답답하게 말하고 싶어 그랬겠어? 네가 하도 꼬박꼬박 말대꾸하니까 선을 그어 버린 거겠지. 눈치껏 좀 해라, 앙?"

녀석은 부모님과 한바탕한 모양이었다. 나는 조심스러움에 말을 아낄 수밖에 없었다. 내 생각과 부모의 교육관이 다를 수 있기 때문이다.

이성 친구를 사귀면 정말 정신이 거기에만 팔려 성적이 떨어질까? 아니라고 생각한다. 정신이 팔릴 대상은 이성 친구는 물론 동성 친구, 게임, 텔레비전, 연예인, 판타지 소설 등 얼마든지 있다. 문제는 이성 친구가 아니라 정신이 팔렸다는 것이고, 정신이 딴 곳에 과도할 정도로 팔려 있다는 것은 아이의 마음과 상황에 무언가 문제가 있다는 뜻이다. 생활이 어긋나고 그 결과 성적이 떨어졌다면 마침 그때 만나고 있는 이성 친구를 욕할 것이 아니라 아이의 상황을 살펴야 한다. (보통은 성적 때문에) 가정에서 충분히 인정받지 못하고 매일 해야 하는 학원 숙제에 스트레스를 많이 받는 우리나라 학생들은 마음이 약해져 있다. 그러니 나를 좋아해 주는 친구가 생겼다면 어찌 빠져들지 않겠는가.

이성 친구를 만나 공부에 소홀해졌고 성적이 떨어졌다면 그 친구와 헤어질지 말지를 고민하기 전에 스스로 자기 관리에 철저하지 못했음을 반성해야 한다. 친구는 나의 자기 관리 능력이 이것밖에 안 되었음을 알려 주는 역할을 했을 뿐이니, 친구와 헤어진다 해서 나의 자기 관리 능력이 갑자기 좋아지는 것은 아니다. 그 친구가 아니더라도 힘들 때마다 슬럼프에 빠지고 인터넷 만화로 위안을 삼으며 여전히 부실한 자기 관리를 이어 나갔을 것이다.

내가 만나 본 청소년들은 대부분 스스로를 위하고 시킬 줄 아는 아이들이었다. 열심히 공부하고자 하고 이성 친구에 대한 호기심이 있지만 자신을 파괴할 만큼 빠져들어 사귀고 싶은 생각은 없다. 지저분한 이성 교제는 더구나 돈을 줘도 안 할 것이고, 자연스럽게 어울리고 활기 있게 나름의 인간관계를 유지하고 싶은 마음이 전부였다.

모든 부모님이 이 이야기에 동의하지만 자기 자녀에게만큼은 비이성적인 태도로 일관한다. 앞뒤 안 맞아도 좋으니 어쨌든 우리 아이는 이성 친구와 절대 엮이지 않았으면 좋겠다는 것이 모든 부모·

의 속마음이다. 그래서 내가 해줄 수 있는 이야기도 이중적이다.

"사람 좋아하는 걸 어떻게 의지로 할 수 있겠니. 그저 알고 지내는 친구든, 특별히 골라 사귀는 친구든 친구는 소중한 거야. 스스로 양심에 따라 부모님께 거짓말을 하지 않을 만큼만 즐거운 관계를 유지하면 되는 거야. 거짓말은 마음을 어둡게 만들거든. 물론 이번 경우처럼 전혀 거짓말한 것이 없는데도 억울하게 쪽박을 차는 수가 있긴 해."

"맞아요."

"복불복이지 뭐. 엄마 아빠 오버하는 거 하루 이틀 보는 것도 아닌데, 네가 너그럽게 넘어가라."

"아, 진짜. 조선시대 사람들도 저처럼 살지는 않았을 거예요."

다행히도 녀석은 기말고사 성적이 크게 올라 새 휴대폰을 받을 수 있었다. 참 멋진 녀석이라는 생각을 했다. 기다림과 노력으로 자신의 한결같음을 입증해 보였으니 말이다.

무서워해야 할 것은 부모님이 아니라 내 마음이다. 친구 덕분에 활기가 넘치고 신이 난다면 좋은 일이지만, 친구 때문에 내가 파괴되고 있다면 얼른 정신을 차려야 한다. 마찬가지로 나도 친구에게 항상 좋은 영향만을 주도록 노력해야 함은 물론이다.

이성친구 때문에
성적이 떨어진다고?

조심해야 할 것 수백 가지를 기억하는 것보다
단 하나인 내 마음을 지키는 것이 중요하다.

학교밖에서 배우기

중고등학교 시절 내가 가장 싫어했던 과목은 역사다. 국사든 세계사든 사(史)가 들어가는 것은 다 싫었다. 아무 이유 없이 외워야 하는 답답함 때문이었다. 외워도 외워도 끝이 없고, 한 단원을 다 외우고 다음 단원으로 넘어가면 앞에서 외운 것과 짬뽕이 되어버리는 좌절감. 어떻게든 헷갈리지 않으려고 이야기를 만들고 앞 글자를 따서 외워도 보지만 시험 문제는 그렇게 단순하게 나오지 않았다. 참고 또 참으며 공부해도 결국은 찍은 점수나 공부한 점수나 비슷했다. 역사 공부를 하며 겪은 짜증의 감정들은 분노로 이어졌다. 점점 박살나는 자존심.

지금도 역사가 싫어 죽겠다는 녀석들을 자주 만나곤 한다. 다들 나와 비슷한 이유 때문이다.

"도대체 이딴 걸 왜 외우는지 모르겠어요. 그 나라 왕이 누군지 알아서 뭐할 건데요. 어차피 다 죽은 사람들이잖아요. 그 전쟁이 왜 일어났는지 지금 알아서 어쩔 건데요."

내가 그랬듯 아무리 생각해도 역사 공부를 해야 하는 이유를 납득할 수가 없는 거다. 교과서에는 과거를 알아야 미래를 내다볼 수 있다고 나와 있기는 하나 말도 안 된다. 이렇게 아무 이유 없이 외우면 과거가 알아지는 것인지, 과거가 똑같이 재현되는 것도 아닌데 미래를 어찌 내다보겠다는 것인지.

묘한 공통점은 그 아이들 모두 자존심이 강하다는 점이다. 역사 과목이 지겨워서 싫기도 하겠지만 공부를 하며 겪었던 좌절감이 공부를 그만두게 만드는 것이다.

수학이나 과학은 자연의 법칙이고 논리성으로 연결되어 있어서 암기할 것이 많더라도 연계성을 따라 깊이를 더할 수 있지만 역사나 사회는 그렇지 않다. 그저 사람들이 살아가는 이야기이고 사람들이 만들어 놓은 규칙이니 심오한 원리도 맥락도 없다. 남들 사는 이야기, 그것도 다 죽고 없는 옛날 사람들 이야기를 알아서 뭐하겠는가. 나도 그랬으니 지금의 학생들에게도 어찌되었든 공부하라고 강요할 수는 없다.

나의 '역사 혐오'는 점점 무지로 이어졌다. 그 무지는 조선시대와 고려시대, 삼국시대의 전후를 구분하지 못할 정도에 이르렀다. 그래도 고등학교 가는 데에는 지장이 없었으니 '역사 공부 안 해도 얼마든지 잘 살 수 있어.'라는 고집으로 버텼다. 문제는 고등학교. 지금 배우고 있는 부분이 고려시대인지 삼국시대인지 구분도 못 하고 있으니 세계사는 어림도 없는 일이고, 세계사와 국사를 연결하는 문제는 그저 찍기만 할 뿐이었다. 어디서부터 어떻게 손을 대야 할까. 대학은 고등학교 가듯 대충 버티면 갈 수 있는 곳이 아니었다. 교과서 진도대로 시험을 보는 내신 점수는 그나마 건질 수 있었지만 단원 통합, 과목 통합의 문제가 나오는 수능 시험은 정말 난감했다. 역사가 조금이라도 관련되면 겁부터 덜컥 났다.

문제집을 여러 권 풀며 공부했지만 두려움은 해결되지 않았다. 고3 여름방학, 결국 나는 역사를 포기했다. 남은 시간을 역사 공부 스트레스로 허비할 수는 없었기 때문이었다. 그 에너지로 다른 과목 공부를 더 열심히 해야겠다는 생각뿐이었다. 수험생이 한 과목을 포기한다는 것은 그 과목에 배정된 점수를 (찍어서 몇 점 건진다 해도) 통째로 포기하는 것과 마찬가지다. 1, 2점이 아쉬운 판에 과목을 통째로 포기하다니 미친 짓이었다. '내가 그걸 왜 해야 하는데?' 하던 허세는 결국 내 무덤을 판 것이다.

　지금 생각하면 참 유치하고 아쉽다. 아마추어같이 나는 왜 그랬을까. 지겹지 않을 만큼 조금씩만 하면 됐을 텐데 다 하겠다는 고집에 속이 상하고, 속이 상하니 이걸 왜 해야 하느냐고 이유를 따지고, 혼자 결론을 내려 하지 않겠다고 선을 그어 버렸다. 포기는 또 뭔가. 궁상맞게 잡고 있느니 놔 버리는 것이 쿨한 것 같아서? 아무리 역사를 모른다 해도 전체를 다 모르지는 않았을 것이다. 그나마 조금 이해가 되는 단원만이라도 뽑아서 공부를 하는 게 낫지 않았을까. 충분히 생각하지는 않고 그저 겁이 나니 도망을 쳐 버린 것이다.

　어찌되었든 점수 좀 나쁜 것으로 끝나는 일이라면 얼마나 좋을까. 역사에 무지하다는 두려움은 고등학교를 졸업한 후에도 나를 졸졸 따라다녔다. 모든 학문은 사람들의 삶을 바탕에 두고 비롯되는 것인데 옛날부터 지금까지 사람들이 어떻게 살아왔는지, 어떤 사건을 기준으로 삶의 모습이 바뀌었는지 기본적인 틀이 잡혀 있지 않으니 어떤 공부를 해도 뿌리가 부실했다. 온갖 똑똑한 척 다 하고 싶은 자존심이 하늘을 찌르는 자에게 지적 무력함은 치명적이었다. 어떻게든 해결해야 했다.

내가 택한 방법은 책과 사극, 다큐멘터리였다. 역사를 있는 그대로 기록한 책을 읽는 것은 자신이 없었다. 이해하지도 못할 뿐 아니라 무지로 인한 지루함 때문에 또다시 역사를 멀리할 위험이 있었던 것이다. 내가 택한 책은 역사를 배경으로 한 소설류였다. 『칼의 노래』를 읽으면서 이순신 장군의 카리스마에 고개가 숙여지기도 하고, 그 시대에 우리나라가 얼마나 비참했는지, 중국과의 주종 관계가 어떤 모습이었는지도 알게 되었다.

세계사의 감각을 얻기 위해 택한 책은 『로마인 이야기』였다. 지금까지 남아 있는 유적지에서부터 언어와 조세제도, 법 규정 등 이탈리아는 물론 유럽 전체, 전 세계에 영향을 미치고 있는 고대 로마인의 삶은 나의 역사 혐오를 녹이기에 충분했다. 교과서에 굵은 글자로 나오는 그라쿠스 형제가 사실은 사건의 계기를 만들었을 뿐 뭔가 대단한 일을 한 것은 아니라는 사실도 알게 되었고, 한니발과의 마지막 전투를 벌이는 아프리카누스 장군의 이야기를 읽으면서는 고대 로마 장군의 매력에 홀딱 빠져 왜 멋있는 사람은 옛날에 다 죽었느냐며 한탄을 하기도 했다. 전쟁과 정치, 여자와 돈 사이를 자유롭게 오가는 카이사르의 유능함, 로마 군대 기지에서 비롯된 유럽 전역의 도시들, 지금까지 로마의 근간이 되고 있는 도로들. 역사는 생생한 삶이라는 것을 비로소 알게 되었다.

지금도 나의 역사 공부는 진행형이다. 책은 물론 끊이지 않고 이 이야기 저 이야기가 계속 등장하는 사극 드라마는 얼마나 고마운 선생님인가. 역사 다큐멘터리는 오래된 이야기일수록 흥미롭다. 멋진 장군이 등장하는 고대 전쟁 영화는 놓치지 않는다.

역사에 대한 무지를 극복하고 싶어 읽게 된 책에서 나와 같은 '꼴통'이 예전에도 있었다는 것을, 그것도 지금까지 이름을 떨치는 지성인이 그런 꼴통 기질을 갖고 있었다는 것을 알고는 대단히 반가웠던 적이 있다.

내 집에 좋은 물건이라곤 단지 『맹자』 일곱 편뿐인데, 오랜 굶주림을 견딜 길 없어 이백 전에 팔아 밥을 지어 배불리 먹었소. 희희낙락하며 영재 유득공에게 달려가 크게 뽐내었구려. 영재의 굶주림 또한 하마 오래였던지라, 내 말을 듣더니 그 자리에서 『좌씨전』을 팔아서는 남은 돈으로 술을 받아 나를 마시게 하지 뭐요. 이 어찌 맹자가 몸소 밥을 지어 나를 먹여 주고, 좌씨가 손수 술을 따라 내게 권하는 것과 무에 다르겠소. 이에 맹자와 좌씨를 한없이 찬송하였더라오. 그렇지만 우리들이 만약 해를 마치도록 이 두 책을 읽기만 했더라면 어찌 일찍이 조금의 굶주림인들 구할 수 있었겠소. 그래서 나는 겨우 알았소. 책 읽어 부귀를 구한다는 것은 모두 요행의 꾀일 뿐이니, 곧장 팔아 치워 한 번

거나히 취하고 배불리 먹기를 도모하는 것이 박실함이 될 뿐 거짓 꾸
미는 것이 아니라는 것을 말이오. 아아! 그대의 생각은 어떻소?

―고미숙, 『열하일기, 웃음과 역설의 유쾌한 시공간』 중

이 즐거운 이야기의 주인공은 이덕무와 유득공이다. 둘은 연암
박지원의 친구이자 학인으로 18세기 지식인이다. 교과서 식으로 말
하면 조선 정조 때의 북학파 학자들인 셈이다. 참 쿨하지 않은가.
이들의 인간적인 면모에 끌리지 않을 수 없다. 책을 팔아 배불리 밥
을 먹었다고 친구에게 자랑하는 것도 귀엽고, 그 친구는 또 공부하
는 자가 책을 팔아 배고픔을 채웠다고 다그치기는커녕(그랬다면 정
말 고리타분했을 거다) 자기 책도 팔아 술을 사 먹고 함께 취한다. 이
렇게 엉뚱하고 쾌활한 사람들이 지금까지 존경받는 학자라니. 나
또한 책을 팔아 궁한 용돈에 보탠 경험이 있어 더욱 공감이 갔다.

교과서가 나에게 알려 주지 못했던 동질감과 인간미가 느껴진
다. 옛날 사람들도 지금의 나와 같은 '사람'이었던 것이다. 이덕무
와 유득공. 나와는 아무 상관없다고 생각했던 선인들이 갑자기 보
고 싶어진다. 이미 다 죽어 없는 사람들인데 유머와 소박함은 지금
의 나와 통하고 있지 않은가. 시간의 공백을 넘어 옛 학인들과 친구
가 되고픈 마음. 이러한 마음이 역사를 공부하는 마음 아닐까.

책과 텔레비전, 영화를 넘나들며 그저 나 즐거운 대로 역사를 공부하니 자존심 강한 나도 마음을 바꿀 수 있게 되었다. '다 죽은 옛날 사람들 이야기'라는 생각은 교과서 공부로만 역사를 알려 한 나의 짧은 견해였다. 하긴, 그 당시에 역사 공부의 재미를 알았더라도 책이니 영화니 팔자 좋은 타령을 할 수는 없었을 것이다. 시험 범위에 눌리고 점수에 쫓기며 살던 시절 아닌가.

교과서는 그저 이런저런 것을 공부하라 제시해 주는 최소의 역할만 할 뿐, 그 이상의 공부는 내 맘대로 할 줄 알아야 하는 법이다. 학교와 교과서는 한계가 있다. 어찌 책 팔아 술 사 먹은 이야기를 교과서에 실을 수 있겠는가. 나를 키우는 공부는 스스로 해야 한다. 이런 배움의 재미는 교과서 밖으로 과감히 떠난 자만이 발견할 수 있는 보석이다.

지금, 도저히 하고 싶지 않은 공부가 있는가? 지루함도 모자라 좌절감, 두려움에 자존심이 상한 지경이라면, 그리고 열등감이 싫어 포기한 지 한참인 과목이 있다면 교과서를 내려놓고 나만의 공부를 시작하자. 교과서가 가르쳐주지 않는 것과 만나는 순간이 바로 공부의 재미가 피어나는 순간이다. 어차피 포기한 과목, 교과서 안 본다고 뭐 달라질 것도 없지 않은가.

학교밖에서 배우기

모르는 것은 결코 수치가 아니다.
알려고 하지 않는 것이 수치이다.

－소크라테스

이젠 적응하는 것도 지긋지긋해

　　해민이는 아버지 직장 때문에 4년 동안 말레이시아에 있었다. 영어 공부를 위해 일부러 해외 거주 경험을 하는 아이들이 늘고 있는데, 보통은 초등학교 재학 중 1년 정도로, 귀국 후 적응하지 못하거나 교과 학습에 어려움을 겪는 경우는 거의 없다. 그러나 부모님의 직장 때문에 온 가족이 이동을 하는 아이들은 그 시기를 마음대로 정할 수 없고, 귀국 후에도 학년이 맞지 않아 수개월을 놀며 지내는 등 이런저런 희생을 감수해야 한다.

　　오랜만에 한국에 온 해민이는 모든 것이 어색했다.

"친구들은 좀 생겼어?"

"네. 애들은 다 좋은 것 같아요."

"선생님들은 어때? 수업은 들을 만해?"

"그냥 그래요. 어떤 건 괜찮고, 어떤 건 졸리고. 처음에는 애들이 수업 시간에 자는 걸 보고 깜짝 놀랐지만, 지금은 저도 자요."

"하하, 다 적응했구나."

한국 학생들이 외국에 나가면 외국인 학교나 국제 학교를 다니는 경우가 많다. 북미나 호주 등 영어권의 선진국이라면 현지 학교를 다녀도 좋겠지만 대부분은 교육 환경과 언어 문제로 외국인 학교나 국제 학교를 택한다. 수업은 시간마다 교실을 이동하고 발표와 토론이 많은 편이다. 우리나라의 수업은 학생들의 이동이 거의 없고 수업도 강의식이어서 귀국한 지 얼마 되지 않은 학생들은 수업 중 졸음을 힘들어한다. 그러니 수업 중 조는 것을 당연히 여길 수 있게 되었다면 학교생활에 완전히 적응했다고 봐야 한다.

이런저런 과정을 거치며 학교생활을 잘하는 해민이지만 여전히 불편한 건 시험이다. 경쟁적인 분위기에 친구들도 선생님도 엄마 아빠도 모두 점수에 환장한 사람처럼 보인다.

"한국 가면 애들이 공부 진짜 열심히 한다고 듣긴 했거든요. 오기 전에 엄마랑 문제집도 풀고 그랬는데 이 정도일 줄은 몰랐어요.

이건 뭐라 그래야 되지? 열심히 하긴 하는데, 아무튼 되게 무서운 거 있잖아요. 학원에서 12시까지 있다가 오고. 저는 그런 걸 못 따라가니까 학원도 못 다니고……. 바보 된 기분이에요."

말레이시아에서 해민이는 뛰어난 학생이었다. 성적 우수상도 여러 번 받았고, 성적표는 항상 A⁺였다. 그러던 녀석이 수업 시간에 졸고 앉아 있으니 스스로 얼마나 한심할까.

"엄마도 이상해졌어요. 거기서는 저한테 신경 안 썼거든요. 공부도 그냥 제가 다 알아서 했는데, 한국 오니까 막 숙제해라 뭐해라 잔소리하고요. 시험 때마다 공부 다 했냐고 계속 묻고 성적표 안 나왔냐고 그러고……."

"엄마도 한국 아줌마로 돌아온 거지 뭐."

"그러니까요."

해민이 엄마는 한국에 돌아와 1년을 보내고 고등학교 입시를 준비하며 고민에 빠졌다.

"고등학교 공부는 중학교보다 더 치열하잖아요. 지금도 과외 선생님 붙여서 겨우겨우 중간인데, 고등학교 공부는 어떻게 하겠어요. 내신도 그렇고 수능도 그렇고 해민이한테 유리한 게 하나도 없어요. 다시 나가야 하나 어쩌나 고민이에요."

하지만 해민이는 한국에 있고 싶어 했다.

"왜? 다른 애들은 못 나가서 안달인데?"

"이젠 적응하는 것도 지긋지긋해요."

그 한마디로 충분했다. 해민이는 친구들이 가장 많이 가는 평범한 고등학교에 진학할 것이고, 치열하게 공부해서 입시 지옥을 뚫고 대학에 들어갈 것이다. 어른들은 입시와 출세에 유리한 길을 찾느라 해민이의 마음은 헤아리지 못했던 것이다.

좀 살다 보면 자연스러워지는 것이 '적응'인 것 같지만 사춘기 아이들 사이에서의 적응이란 참으로 처절한 과정이다. 또래 무리와 섞이기 위해 가수 이름, 노래 가사를 외우는가 하면 드라마 내용을 공부(?)하기도 한다. 친구들과 이야기를 할 때는 유행이나 욕을 눈치껏 따라하며 애를 쓴다. 그렇게 만든 친구들, 겨우 자리를 잡은 공부, 우리나라라는 편안함. 이걸 두고 또 어딘가를 가야 한다니, 그럴 수가 없는 거다.

"그래, 가지 마라. 밤 10시까지 야자하고 무식하게 공부해서 대학 잘 가면 되지 뭐."

"네."

"외국 학교 간판이 탐나지 않아?"

"탐나지요. 그런데 그냥 여기가 좋아요."

치열하게 적응하고 나면 사랑에 빠지는 법이다. 아니, 애정이 없으면 적응해 낼 수 없을 것이다. 어릴 때부터 이 나라 저 나라 다니며 갖가지 외국어를 구사하면 글로벌 리더가 되는 건가. 시민권을 가지고 그 나라 사람처럼 살면서도 여기서는 우월감, 저기서는 열등감으로 미적지근하게 사는 사람들을 많이 보았다. 내가 발붙일 땅, 내가 노력할 터전, 우리 집, 내 친구들이 있는 우리나라는 얼마나 감사한 곳인지.

"해민아, 넌 잘될 수밖에 없어. 외국 거주 경험이 있는 학생들은 한 나라에서만 살아온 학생들보다 문제 해결 능력이 좋고 창의적이래. 다른 생각을 수용하는 능력에 이질적인 문화를 받아들이는 범위도 넓고. 또 뭐였더라? 아무튼 여러 가지 면에서 우수하대. 어떻게 해서든 적응하려고 애쓴 결과겠지. 그것에 비하면 공부하는 건 오히려 쉽지 않아? 넌 이미 다른 친구들보다 좋은 걸 많이 가진 거야. 열심히 해라."

눈물을 참는 해민이를 보니 나도 덩달아 뭉클해졌다.

이젠 적응하는 것도
지긋지긋해

머리로는 이해할 수 없지만
가슴은 이미 끄덕이고 있을 때
우리는 그냥이라고 한다.
'그냥' 만큼 완벽한 이유가 있을까?
그냥 그 사람이 좋고
그냥 여기가 좋으면 그만이다.

세 번째 공감 이야기

우리가 꿈꾸는 학급

특강을 하기 위해 경기도의 한 학교에 갔습니다. 부장 선생님의 안내를 받아 강의실로 이동하는데, 놀라운 표지판이 있더군요. 문득 막 고등학교에 들어간 녀석에게 들은 이야기가 생각납니다.

"고3 중에서 공부 잘하는 언니들은요, '자습실'에 가서 따로 공부하는데 완전 시설 장난 아니에요. 우리는 그냥 나무로 된 도서관 책상 같은데서 하는데. 거기는 책상도 하얀색에 빤짝거리고 되게 넓어요. 의자도 듀오백이에요."

어느 학교나 마찬가지겠지요. 그래도 학교는 학원과 달랐으면 좋겠습니다. 학교는 즐거운 마음으로 매일 뛰어갈 수 있는 곳이어야 하니까요. 교과목 지식 말고도 배우는 것이 많아야 하니까요.

약간 황당하지만 조금 재미있는 학급 이름들을 생각해 봤습니다.

키가 작은 반 : 키가 작은 학생들은 앞자리를 면하기 어렵지요. 뒷자리의 거구들에 기가 눌려 더 움츠러들기도 합니다. 꼬맹이, 쥐방울이란 별명도 모두 상대적인 인식 차 아닐까요? 키가 작은 아이들끼리 모여 있으면 앞 친구 머리 때문에 칠판이 가려 보이지 않는 불편도 덜할 것이고, 괜한 열등감을 느끼지 않아도 될 것입니다.

급식을 두 번씩 타 먹는 반 : "저는 아직 배가 안 부른데 애들이 다 먹었다고 가자고 해서 더 못 먹었어요." 이렇게 하소연하는 아이들을 종종 만납니다. 특히 여자아이들은 밥을 조금 더 먹으려 하면 친구들에게 한마디씩 듣습니다. 장난이기는 하지만 그래도 눈치 보이는 것은 어쩔 수 없지요. 식사량이 많은 아이들은 식사 시간도 많이 걸립니다. 천천히 마음껏 밥을 먹고픈 아이들을 한 반에 모아 둔다면 점심시간이 더욱 행복해지겠지요. 애나 어른이나 잘 먹고 잘 사는 문제는 중요합니다.

쉬는 시간에 공부하는 반 : 학생들에게 매 시간 수업한 것을 쉬는 시간에 복습하라고 늘 강조합니다. 고등학생은 그나마 실천을 하는데 중학생들은 어림도 없지요. 이유는 간단합니다. 첫 번째는 친구들 눈치가 보인다는 것이고 두 번째는 교실이 너무 소란스럽다는 것입니다. "선생님이 우리 반 분위기를 몰라서 그래요. 애들 완전 놀아요. 쉬는 시간에 공부하는 애들 진짜 단 한 명도 없어요." 쉬는 시간은 자유로운 시간입니다. 하고 싶은 것을 하며 보내야지요. 분위기 때문에, 친구들 때문에 내 시간이 없어지고, 더구나 하려는 공부를 못 한다는 것은 말도 안 됩니다. 쉬는 시간에 공부하려는 아이들을 모아 학급을 구성하면 어떨까. 쉬는 시간에 놀고 싶은 아이가 밖으로 나가면 될 것입니다.

에어컨 바람을 싫어하는 반 : 에어컨이 하루 종일 돌아가는 교실에서 추위를 잘 타는 아이들은 긴팔 체육복을 걸칩니다. 콧물, 두통 등 민감하게 반응하는 아이들도 있지요. 에어컨 바람을 싫어하는 반을 만들면 얼마나 좋을까요. 에너지 절약과 냉방병 예방을 동시에 실천할 수 있습니다.

성적 말고도 아이들을 나눌 수 있는 기준은 많습니다. 그냥 '잘 섞어서' 나누는 1반, 2반보다 낫지 않을까요? 어쨌든 '서울대반'보다는 훨씬 나은 것 같습니다.

4.
그래,
흔들리면서
크는 거다

벌겋게 끓어 녹은 쇳물처럼
십대들은 뜨겁고 위험하며
무엇으로도 만들어질 수 있는 가능성 덩어리다.
그 불완전함과 위태로움이 얼마나 아름다운지.
몸과 마음을 키우기 위한 에너지가 솟아나고 있으니
평생을 통틀어 그 시절만큼 시끄럽고 건강하며
잘 먹고 잘 잘 수 있는 때는 없으리라.
세상도 아직은 실수를 눈감아 주고 있으니
그 또한 얼마나 신나는 일인가.
어쨌든 큰다.
온 우주에 단 하나밖에 없는 존재로 태어난 값을 하기 위해 달린다.

남자친구, 부모님께 꼭 말해야 할까?

"선생님, 저 전화 한 통만 쓸게요."

"어, 그래."

전화기를 들고 쪼르르 나가는 녀석. 수첩을 펴 날짜를 보니 8월 30일이다. 그럼 그렇지. 월말이 되면 한정 통화량을 다 쓴 아이들이 전화를 구걸(?)하곤 한다. 중1, 중2만 해도 엄마 전화를 빌려 들고 다니지만 그 이상이 되면 뭐하느라 다 썼느냐는 핀잔이 싫어 그냥 버틴다. 그러다가 급히 쓸 일이 있으면 빌려 쓰거나 수신자 부담 전화를 이용한다. 전화기를 내려놓으며 "감사합니다." 인사하는 모습이 예쁘다.

"누구랑 통화했어?"

"남자 친구요."

이런 거리낌없는 녀석을 봤나. 효민이를 마지막으로 만난 게 2주 전이었으니까 그 사이 남자 친구가 생긴 것이다.

"오호, 캠프 가서 만났다는 친구?"

"네, 11일 됐어요."

귀엽다.

하루 이틀 날짜를 세는 걸 보니 문득 유치원 때 생각이 났다. 출장 간 아빠를 기다리며 엄마에게 몇 밤 자면 아빠가 오느냐고 물었고, 매일 아침에 일어날 때마다 이제 두 밤 남았다, 한 밤 남았다 하면서 아빠를 기다렸다. 그런 설렘을 남은 인생 동안 다시 경험할 수 있을까. 효민이의 남자 친구는 효민이에게 그런 설렘을 되찾아 준 모양이었다.

남자 친구가 생기면 거기에 정신이 팔려 공부는 뒷전이라고 누가 그랬던가. 효민이는 예의 바른 태도에도, 단정한 외모에도 변화가 없었다. 고등학교 입학 후 동아리다 임원이다 세상이 제 것인 양 날뛰더니 여름방학 이후에는 차분히 공부에 집중했다. 남자 친구로 인한 부정적인 영향은 느껴지지 않았다.

"이번 중간고사 진짜 잘 보려고요."

"왜?"

"시험 끝나면 부모님한테 말하기로 했거든요."

"뭘?"

"남자 친구요."

"시험 못 보면?"

"흠, 모르겠어요."

남자 친구는 효민이와 몰래 통화하는 것을 들켜 부모님이 알게 되었다고 했다. 정해진 귀가 시간을 지키는 것과 공부에 지장이 없어야 한다는 약속을 하고 부모님이 지켜보는 중이라 한다.

"사실 남자 친구 만나는 건 부모님께 얘기 안 하는 게 더 편해요. 남자 친구 만나러 간다 그러면 수시로 전화할 거고 몇 시까지 들어오라고 할 텐데, 그냥 자습실 갔다 온다 하면 편하게 놀다 들어갈 수 있거든요."

"근데 왜 말하려고 하는데?"

"걔가 말했으면 좋겠대요. 제가 맨날 집에 거짓말하니까 안 좋아 보이나 봐요."

"그건 그렇지. 근데 부모님한테 말하면 뭐라 하실까?"

"당장 헤어지라 그러겠죠."

많은 경우 아이들을 혼란스럽게 하는 것은 이성 친구가 아니라 부모님이다. 효민이는 그냥 말 안 하고 지내는 것이 더 편하다고 했다.

"그럼 말하지 마."

"계속이요?"

"때가 되면 해야겠지. 남자 친구 말고도 너 엄마한테 삥치고 있는 거 많잖아. 남자 친구라고 특별할 게 있냐?"

"그건 그래요."

뭐 이런 선생과 학생이 뒤바뀐 경우가 있나.

엄마한테 숨기고 있는 건 수두룩하지만 그래도 아이들은 이성 친구가 그것과는 차원이 다른 중요한 문제라는 것을 느낀다. 나는 효민이가 그 중요한 것이 무엇인지, 왜 부모님께 말씀 드려야 하는지 스스로 생각해 보기를 원했다. 이래저래 떠밀려 덜컥 말하고 나면 충분한 마음의 준비도 없이 혼란만 커질 뿐이다. 엄마는 펄쩍 뛸 것이고, 혼나고, 잔소리 듣고, 휴대폰 뺏기고, 아빠는 남자 친구에게 전화해 앞으로 효민이를 만나지 말 것을 통보할 게 불 보듯 뻔하다.

"남자 친구라지만 너도 아직 그 친구를 잘 모를 거야. 사귀자고 얘기하고 사귄다고 해서 그날부터 갑자기 운명이 정해지는 것도 아니고."

"맞아요."

"솔직히 마음속에는 친구들한테 자랑할 거리도 되고, 같은 학교 친구는 좀 시시하니까 다른 학교 친구 사귀는 것이 그럴듯하다는 생각도 하지?"

"하하! 선생님 선순데요?"

"사람 마음은 다 그래. 그렇다고 해서 네가 그 친구를 좋아하는 마음이 가식인 것도 아니고."

"그렇다고 막 되게 좋은 건 또 아니에요."

"조금 더 만나 봐. 그냥 놀러만 다니지 말고 어떤 사람인지 생각 하면서. 진지하게 만날 생각은 없고 그냥 남자 친구 하나쯤 있는 것 도 재밌으니까 만나는 정도라면 지금처럼 지내는 게 낫지 않을까? 만나다 보니 이래저래 뭐가 안 맞아서 연락이 뜸해질 수도 있는 거 고. 하지만 오래오래 만나고 싶은 친구라는 생각이 들면 그때는 부 모님께 말씀 드려야겠지. 중간고사 성적에 따라 말씀을 드릴지 말 지 결정하는 건 좀 아닌 것 같은데?"

"그러네요."

십대들은 생각보다 어른스럽다. 조금 부족한 것이 있다면 내면 의 소리를 듣는 데 미숙하다는 점이다. 자기가 왜 불안한지, 어떻 게 해야 자신이 행복한지를 스스로 생각하지 못하고 자꾸 밖에서 답을 찾으려 한다. 남들은 어떻게 하는지, 부모님은 뭐라 하는지, 친구들은 어떻게 하고 있는지 그중에서 가장 괜찮아 보이는 것을 골라 따라하며 산다. 태어나 지금까지 부모 따라, 선생님 따라, 친구 따라, 텔레비전 따라 살아왔으니 그럴 만도 하지 않은가.

내 삶의 주인이 된다는 것은 간단하지가 않다. 어디 청소년들뿐인가. 스스로에게 집중하지 못한 채 남들 따라 살며 불안불안한 어른들도 수두룩하지 않은가.

그 후 두어 달 정도, 효민이는 차분히 남자 친구와 교제를 이어 갔다. 그러고는 100일이 좀 되지 않아 헤어졌다.

"갑자기 헤어지기로 한 건 아니고요. 그동안 서로 조금씩 느끼고 있었어요. 100일 딱 채우고 선물도 주고받으면서 멋지게 끝내고 싶었는데요. 뭐 이런저런 얘기하다 보니까 말이 나와서 그냥 제가 특별한 사이로 만나는 건 싫다고 했어요."

담담하게 말하는 효민이를 보니 그간 얼마나 단단해졌는지 보이는 듯했다. 여자 마음은 원래 독한 건지 효민이는 다시는 문자도 보내지 말라며 못을 박았다고 했다. 효민이네 부모님은 여전히 모르는 일. 그때, 스스로 생각해 보지도 않고 부모님께 말씀을 드렸다면 어땠을까. 서로 마음만 상하고 끝이 편안하지 못했을 것이다. 대견스러운 녀석. 아이들은 이렇게 훌쩍 큰다.

"효민아, 남자 친구든 뭐든 네가 관심을 두는 모든 것은 너에게 중요한 일이야. 어떤 일이든 너 자신에게 물어봐. 스스로에게 당당할 만큼 행동하면 탈날 일이 없어."

"흠, 그게 무슨 말인지 이제 진짜 알겠어요."

일주일 후 효민이를 다시 만났다. 쿨하게 헤어진 척 말만 해놓고 이별 부작용(잡념, 신경질, 우울감 등)에 시달리는 것은 아닌지 걱정이 되었던 터라 효민이 상태를 유심히 살폈다.

"잘 지냈어?"

"네. 완전 잘 지냈어요. 남자 친구 없으니까 진짜 살 것 같아요."

"좀 서운한 척이라도 해야 되는 거 아니냐?"

"전~혀요. 남친 있을 때는 야자도 몇 번씩 빠져야 되고, 주말에는 무조건 내 시간 하나도 없었어요. 공부할 시간을 자꾸 까먹으니까 만나면서도 시간 아깝다는 생각을 좀 했거든요. 저 요즘 공부 진짜 열심히 해요. 예전에는 남친 있는 애들 부럽기도 했는데, 지금은 내가 왜 걔를 만났는지 모르겠어요. 귀찮은 건 딱 질색이에요."

내가 어떤 사람을 좋아하는지도 사람을 만나 보며 배우게 된다. 효민이의 취향은 섬세하고 다정하고 아기자기한 남자는 아닌 모양이다.

이성에게 끌리는 마음이 생기는 것은 자연스럽고 건강한 일이다. 그 마음이 결혼할 때쯤 생기지 않고 한창 공부하고 클 나이에 생기는 이유는 무엇일까. 아마도 진짜 내 짝을 찾기 전에 이런저런 시행착오를 거치라는 뜻 아닐까. 좋아해 보기도 하고 싫어해 보기도 하자. 자신을 사랑하는 마음이 충분하다면 이성을 사랑하는 마음 때문에 다치는 일은 없을 것이다. 성장의 마디마디는 얼마나 아름다운지.

효민이는 매력적인 여성이 되어 가고 사랑하는 사람을 찾으며 어린 시절의 추억을 교훈 삼아 떠올리지 않을까.

남자 친구, 부모님께 꼭 말해야할까?

흔들리지 않고 피는 꽃이 어디 있으랴.
이 세상 그 어떤 아름다운 꽃들도
다 흔들리면서 피었나니
흔들리면서 줄기를 곧게 세웠나니
흔들리지 않고 가는 사랑이 어디 있으랴.

-도종환, 「흔들리며 피는 꽃」 중

저 나쁜 거 했어요

"저, 나쁜 거 했어요."

은주는 대뜸 묻지도 않은 것을 털어놓았다. 신기하게도 아이들
은 이 선생님이라면 이야기가 통할 것이라는, 자신의 비밀을 부모
에게 말하지 않을 것이라는 것을 직감한다. 사람은 누구나 혼자 지
니기에는 무거운, 그러나 아무 데나 놓을 수는 없는 마음의 짐이 있
게 마련이다. 20년도 채 살지 않은 아이들도 마찬가지다. 은주도
그 무거운 것을 어딘가에 좀 내려놓고 싶었으리라. 나는 나쁜 것이
무엇인지 묻지 않았다. 말하고 싶다면 스스로 할 테니까.

은주는 예고에 가고 싶었다. 초등학교 5학년 때부터 바이올린을 연주했고, 중학교 때는 바이올린을 믿고 공부를 좀 덜한 것도 사실이다. 공부를 게을리 한 것이 아니라 공부할 마음이 도무지 생기지 않았다. 예고 입시 준비를 하며 레슨 선생님과 관계가 나빠져 선생님이 바뀌었고, 급하게 대충 끼워 맞춘 실기가 성공적일 리 없었다. 예고를 떨어지고 나자 은주는 방황하기 시작했다. 바이올린은 꺼내 보지도 않은 채 몇 개월을 보내며 고등학교 생활을 시작했고, 점점 떨어지는 성적에 온 집안은 비상이 걸렸다. 점점 나쁜 친구들과 어울리는 은주를 보며 엄마는 할머니, 할아버지 앞에서 어린 애처럼 엉엉 울기도 했다.

"그걸 너 말고 누가 또 아니?"

"친구 네 명이요."

"네 명? 많기도 하다. 엄마들 눈치는 신에 가까워. 어떻게들 잘 알아내는지, 소문은 바람을 타고도 가는 것 같더라."

"걔네들은 말 안 해요."

"말이야 안 하겠지. 그 자신감 없는 눈빛은 어떻게 할 건데? 무언가 정상이 아니라는 건 누구나 느끼는 거야. 그 나쁜 게 뭔지는 별로 중요하지 않아."

은주는 마음속으로 "항상 이렇게 멍한 눈이에요. 그 활기는 다 어디 갔는지 정말 걱정이에요." 했던 엄마의 말이 떠올랐을 것이다. 청소년들의 '다 돌아간' 눈빛은 스스로에게 자신 없을 때 나타난다. 무언가 부모에게 말할 수 없는 '짓'을 해놓고 집에다 말할 수 없을 때가 그렇다. 뭔가 숨기는 것이 있어 그렇기도 하겠지만, 사실은 스스로에게 당당하지 않아서다.

"그때는 진짜 힘들어서 어쩔 수가 없었어요. 그런데 지금은 안 해요."

지금은 안 하면 그만인 것을, 아이들은 이런 이야기를 왜 하는 것일까. 그 나쁜 게 무엇인지는 말하기 싫지만 그만큼 힘들었던 자신을 이해해 달라는 것이다. 나쁜 짓 때문에 다친 마음을 위로해 달라는 것이다. 그리고 나쁜 생각이 또 들까 걱정도 된다는 의미이고, 앞으로는 어떻게 마음을 지켜야 할지 좋은 말도 좀 해달라는 뜻이다. 이것이 몸만 다 큰 청소년의 리얼 속사정이다. 마음은 아직도 아이여서 나를 어떻게 지켜야 할지, 숨 막히게 감시하는 부모님은 어떻게 이해해야 할지 잘 모른다.

"누구나 나쁜 건 할 수 있어. 왜 그런지 아니?"

"왜요?"

"약하니까."

"아……."

"그러니까 너무 자책하지 마. 나쁜 걸 알면서도 했으니 잘한 건 아니지만, 마음이 힘들 때는 이성이든 의지든 다 무너지는 법이야."

고등학생쯤 되면 부모는 이미 무섭지 않다. 온갖 것을 다 알려고 하는 것이 귀찮을 뿐. 나쁜 짓을 부모에게 숨기는 이유는 집안 시끄러워지는 것이 싫기 때문이다. 엄마의 기절초풍하는 소리, 친구네 엄마들에게 전화를 돌리는 소란스러움, 퇴근하는 아빠의 화난 표정, 밤까지 이어지는 큰 소리, 불편한 잠자리 등이 싫기 때문이다. 그 난리를 피우느니 혼자 비밀을 간직하는 것이 백 번 낫고, 그 대가는 멍한 눈이다. 아이들이 친구들에 그토록 빠져 있는 이유는 친구들도 모두 그런 비밀이 있기 때문이다. '지네들끼리' 있다고 해서 답이 나오는 것도 아니고, 자신의 가치 있는 성장에 도움이 될 게 없다는 것도 안다. 그래도 답답한 마음은 풀어놓을 수 있지 않은가.

은주는 마음을 열고 자신에게 도움이 될 만한 조언을 들을 수 있는 선생님이라 느꼈던 모양이다. 그래서 서슴없이 털어놓은 것이리라. 그러고는 내 모든 말에 집중했다.

"힘들어 보지 않은 사람은 어려운 사람을 이해할 수 없어. 너도 예전에는 나쁜 짓 하는 친구들 보면서 욕도 많이 했을 거야. 그런데 지금은 그럴 수 없을 걸?"

끄덕끄덕.

"네가 이해할 수 있는 사람 수가 많아진 거야. 세상에 절대적으로 나쁜 것은 하나도 없어. 너처럼 나쁜 짓 하는 애들 볼 때마다 오죽하면 저럴까, 얼마나 힘들까, 어떻게 도울까를 생각해. 그게 너의 나쁜 짓을 스스로 용서할 수 있는 방법일 거야."

뭐가 나쁘고 좋은 건지 감각도 없이 그냥 사는 어른들도 얼마나 많은가. 다 썩은 마음을 감추며 깨끗한 척, 교만하게 사는 이들은 또 얼마나 많은가. 그에 비하면 청소년들의 실수는 아무것도 아니다. 자신이 저지른 나쁜 짓 때문에 눈빛마저 변하는 청소년의 여린 양심이 사랑스럽다.

청소년들의 잘못은 안타까운 것이지 분노로 상처를 줄 일은 아니다. 걷고 뛰는 것을 배우는 동안 아이들의 무릎은 딱지 떨어질 날이 없다. 하물며 마음이 크는 일이지 않은가.

"누구나 나쁜 짓 할 수 있어. 괜찮아. 해보니 어때? 제일 힘든 사람은 바로 너야. 엄마 무서워서도 아니고, 너를 위해서 다시는 하지 말자."

"네."

이야기가 끝나고 엄마가 들어오자 은주의 눈빛은 다시 흐리멍덩해졌다.

"선생님이랑 이야기 좀 했어?"

"어."

"좋았어?"

"어."

다시 퉁명스러워진 은주. 엄마는 이래서 애랑 대화를 할 수가 없다며 앓는 소리를 했다. 나에게 인사하는 은주의 눈빛은 맑았다. 눈은 마음의 창이라 했던가. 마음이 열리고 닫힘에 따라 아이들의 눈빛은 확연히 다르다.

조금씩 나아질 은주를 기대하며, 다시 피어나는 희망을 믿으며 오늘도 내가 배운 것이 더 많은 하루였다.

저 나쁜 거 했어요

우리가 잊고 사는 것 한 가지,
사람은 누구나 실수할 권리가 있다.

그냥, 학교는 가기 싫어요

성동이가 집에 돌아온 것은 한 달 만이었다.

"잠은 어디서 잤어?"

"친구네서요."

"친구네 집이 여관이냐? 한 달 동안 친구네서 자게."

집을 나온 아이들의 첫날 밤(?)은 보통 친구네 집이다. 오늘은 누구네, 내일은 누구네 하면서 며칠 지내다 보면 '뭐 살만 하네.' 하고 여긴다. 때로는 PC방에서 새벽까지 게임을 하다 잠이 들기도 하고, 아직 돈이 떨어지기 전이니 찜질방에서 사우나를 즐기며 호화를 누리기도 한다. 문제는 갈 만한 친구네도 없고 돈도 점점 떨어져 갈 무렵이다.

"추울 때는 공원 화장실에서 자거나 공중전화 박스에서 잔 적도 있고, 따뜻한 날은 그냥 벤치에서 잤어요."

"다음에 집 나갈 때는 여름에 나가라, 앙?"

"히히, 네."

"밖에서 자면 온몸이 쑤시는데, 잘 만했어?"

"처음에는 좀 그랬는데요. 몇 번 자다 보니까 괜찮던데요."

"그래, 건강해 보여 좋다."

성동이가 초등학교에 입학하던 해에 아버지의 사업이 망했다. 그때부터 시작된 아빠의 술. 허무하고 자존심이 상해 술을 마셨고, 가족들에게 미안해 술을 마셨다. 혼자 울기만 하던 술주정은 점점 폭언과 의처증으로 번져 나갔다. 아빠의 무기력증은 끝이 없었다. 성동이가 5학년 때 아빠에게 여자 친구가 생기자 엄마는 성동이를 데리고 몰래 집을 나왔다. 비록 반지하 좁은 집이었지만 엄마와 단둘이 산 1년이 성동이에게는 가장 행복한 시간이었다. 성동이의 마음이 어그러지기 시작한 때는 6학년이 끝나갈 무렵이었다.

"수업 끝나고 교문을 나왔는데 학교 앞에 아빠가 와 있는 거예요. 지금 어디 사느냐고 물어보는데 제가 대답을 안 했거든요. 어디 사는지 알면 와서 또 술주정할 거고 엄마 힘드니까. 그래서 아무 말 안 하고 집으로 막 뛰어왔는데, 아빠가 저를 따라왔던 거예요."

그날 이후, 밤늦게까지 놀다가 집에 들어가는 것이 성동이의 일상이 되어 버렸다. 집에 아빠가 있다는 것, 평범하기 짝이 없는 그 사실이 성동이에게는 견딜 수 없는 일이었다. 아빠와 함께 사는 두려움에 비하면 성적이 떨어지는 것, 고등학교를 못 가는 것쯤은 아무 일도 아니었다. 성장기 내내 두려움과 분노, 눈치 보기로 평안할 날이 없었던 성동이의 뇌는 집중력과 사고력, 조절 능력을 키워내지 못했다. 엄마의 보살핌이 없었다면 중학교 졸업도 못 했으리라. 한 달 동안 가출했던 성동이는 학교를 그만두겠다고 했다.

"검정고시 볼래요."

"맘대로 해라. 근데 검정고시도 그냥 되는 건 아니지 않니? 어쨌든 공부를 해야 할 텐데, 그냥 매일 학교 가서 자는 게 낫지 않겠어? 그럼 공짜로 졸업장은 나오잖아."

"그렇긴 한데, 그냥, 학교 가기는 싫어요."

아이들은 왜 그런 마음이 드는지 구체적으로 표현하는 일에 서툴다. 적당한 단어와 문장이 자신의 마음과 꼭 맞게 떠오르지 않는 것이다. 그 답답함은 언어 감각이 늦게 발달하는 남자아이들이 더 심하고, 책을 전혀 들여다보지 않은 아이들일수록 더 심하다.

성동이가 '그냥' 학교 가기 싫어하는 이유는 무엇일까. 우선, 쿨하게 가출했다가 조용히 학교로 다시 돌아가는 것은 드센 친구들 앞에서 자존심이 서지 않는 일일 것이다. 그 다음은 어머니가 학교를 오가며 몇 번이고 상담 비슷한 걸 해야 할 것이고, 성동이는 반성문을 비롯해 교내외 청소 봉사를 하게 될 것이다. "왜 가출했니?"로 시작하는 상담선생님과의 시간, 담임선생님의 이런저런 잔소리…… . 성동이는 자신을 비정상으로 여기는 학교가 싫다. 수업 시간마다 엎드려 자는 모습, 선생님 앞에서 고개를 숙이고 있는 모습. 성동이는 학교와 연결되는 자신의 바보스러운 이미지를 더 이상 연장하고 싶지 않았다.

결국 나는 성동이의 결정을 존중할 수밖에 없었다.

"그래, 나라도 그럴 것 같다. 학교 안 가면 뭐할래?"

"엄마 가게에서 배달하려고요."

"무면허로? 엉?"

"아, 딸 거예요."

오토바이는 성동이의 주종목이다. 무릎을 크게 다친 후로는 조금 덜 타기는 하지만 그래도 식당 배달 정도는 눈 감고도 할 수 있다. 폼 나는 오토바이에 김치찌개를 실을 생각을 하다니 성동이의 마음이 커졌나 보다. 배달하다가 학교 다니는 친구들과 마주칠 수도 있다는 생각을 왜 하지 않았겠는가. 그래도 자기 때문에 고생한 엄마를 위하는 성동이의 마음에 나는 말을 아꼈다. 자신 이외에 다른 사람을 생각하는 마음이 생겼다면 이미 다 큰 것이기 때문이다. 그 다음은 스스로 철이 들고 스스로 클 테니까.

고2 1학기를 끝으로 성동이는 학교를 그만두었다. 방송통신고등학교를 다니며 고등학교 졸업도 했고 엄마 가게에서 일을 하며 가끔은 아빠의 저녁상도 차린다.

"내년에 군대 갈 거예요."

이것은 성동이가 태어나 처음으로 자신의 미래를 스스로 결정한 선언이다. 늘 겁에 질려 있었고 눈치 보는 것이 생활이었던 성동이. 아이들이 그렇게 자라는 것을 아무도 원치 않겠지만 삶이란 그럴 수도 있는 법이다.

"아빠가 다시 찾아왔을 때, 아빠도 갈 곳이 없었을 거야. 엄마가 해주는 밥도 먹고 싶었을 거고, 너를 안고 잠들고 싶었을 거야."

"네, 알아요."

성동이는 가출한 동안 갈 곳이 없다는 허망함을 느꼈던 것이다. 다시 돌아올 수밖에 없었던 아빠의 마음도, 불쌍한 엄마의 마음도 떠올리게 되었다.

문제아의 뒤에는 문제의 부모가 있게 마련이다. 그러나 부모 또

한 답을 찾을 수 없는 막막한 삶을 사는 사람일 뿐이다. 어쩌겠는가.

어쨌든 아이들은 자란다. 버티기 위해 소리도 지르고 센 척도 하며 힘든 시기를 지내고 나면 고스란히 쌓인 내면의 힘으로 살아간다. 성동이가 멋진 어른이 되기를 진심으로 응원한다. 어린 시절 공부 못한다고 무시당했던 것, 죽이고 싶도록 아빠가 미웠던 것, 죽고 싶을 만큼 엄마한테 미안했던 것 다 잊어버릴 만큼 잘 살기를 바란다.

"성동아, 너 꼭 성공해라. 돈도 많이 벌고, 마음이 큰 사람 되어서 너처럼 어렵게 크는 아이들 도우면서 살아라. 알았지?"

"네!"

그냥 학교는
가기 싫어요

나는 얼마나 높이 올라갈 수 있느냐를 보고
누군가의 성공을 점치지 않는다.
나는 그가 바닥을 쳤을 때
어떻게 다시 올라가느냐를 본다.

–조지 S. 패튼 장군

선생님, 담배 피우세요?

중요한 질문을 앞두고 여러 가지 호들갑으로 감정을 고조시키는 여자아이들과 달리, 남자아이들은 밑도 끝도 없이 툭 말을 던지곤 한다.

"선생님, 담배 피우세요?"

"아니."

"피워 본 적은요?"

"아니."

"왜요?"

"왜? 담배 안 피우는 데 이유가 있냐? 담배 피우는 사람 옆에만 지나가도 숨이 막히는데 굳이 그걸 할 이유가 없잖아?"

이 녀석이 중1이라면 엄마 몰래 담배에 손을 댔다는 순수한(?) 이야기가 숨어 있겠지만, 고1이라면 사정은 달라진다. 반 친구들 중에서도 담배를 피우는 녀석이 꽤 있을 테니 담배가 이제 신기할 때도 아니고, 별일 없이 두런거리다 친구 담배를 입에 대 보고는 캑캑거렸던 경험도 있을 것이다. 어쨌든 고등학교를 넘어서면 술, 담배를 하지 않는 것은 스스로의 선택인 셈이다.

나는 더 이상 유도 심문을 하지 않았다. 마음이 열리면 입은 언제라도 열리는 법. 답할 마음이 없을 때 이것저것을 물으면 아이들은 현란한 거짓말로 말쑥하게 빠져 나간다. 다리를 건들거리며 공부를 하던 녀석이 또 묻는다.

"그럼, 담배 생각날 때 어떻게 참으면 좋은지 모르시겠네요?"

그 순간, 나는 태어나 처음으로 담배를 한 번도 피운 적 없음이 무능력하게 느껴졌다. 담배를 피우고 싶은 사람들, 피우다 끊고 싶은 사람들, 끊지 못해 힘든 사람들의 마음을 내 일처럼 느낄 수가 없지 않은가. 세상에 무가치한 것은 하나도 없다는 말에 다시 한 번 고개를 숙여야 했다.

"그러네. 왜 담배 끊으려고?"

나의 질문에 웃음이 섞이자 녀석의 대답도 한결 편안해졌다.

"뭐 끊을 만큼 많이 피우는 건 아니에요. 그냥 가끔 생각날 때가 있어요."

"언제?"

"혼자 있을 때는 괜찮은데요. 친구들이랑 같이 있을 때는 애들 다 담배 피우니까."

청소년들에게 친구들과의 행동 범위가 한정된다는 것은 이런 점에서 불리하다. 매일 만나야 하는 친구들, 매일 가는 학교, 학원, 독서실. 밥 먹는 시간도 똑같고 쉬는 시간도 똑같으니 그 시간을 함께 보내는 친구들과 다른 행동을 하는 것은 참으로 불편하고 불리한 일이다.

"멀뚱히 서 있기가 이상하긴 하지."

"네."

"그래 봤자 10분 정도인 거잖아?"

"그렇죠."

"같이 모이는 애들 중에 너처럼 담배를 좋아하지도 않으면서 분위기상 피우는 아이들도 있지 않니?"

"아마 있을 거예요. 평상시에는 잘 안 피우는 애들이니까."

"그럼 그건 담배 문제가 아니라 습관인 거야. 그 시간이 되면 으레 그 자리에 모여 담배를 피웠으니까 그냥 그렇게 하는 거지. 담배 동호회도 아니고."

"진짜 그래요."

"내일은 이렇게 해봐. 담배 피울 분위기가 될 것 같으면 콜라를 하나 뽑아 들고 가. 커피도 좋고. 그럼 다른 애들도 한두 명 콜라가 먹고 싶어질지도 몰라. 담배를 좋아하지 않던 친구들도 마찬가지일 거고. 그럼 그냥 음료수 먹는 분위기가 될지도 몰라."

"아, 그러면 되겠네요."

녀석은 금방 환해졌다. 단순하기는. 어른들과 똑같은 세상에서 사는 청소년들에게, 어른들보다 덩치가 더 큰 청소년들에게, 어른이 되면 해야 한다는 금기는 통하지 않는다. 위태위태한 순간을 넘기며 살고 있는 청소년들에게 정작 필요한 것은 작은 지혜이다.

일주일 후, '담배 모임'은 어떻게 되어 가느냐고 묻자 녀석은 뿌듯하게 대답한다.

"네 명은 음료수 마시고, 두 명만 담배 피워요."

그날 우리는 담배와 사람들, 세상, 어른들에 대해 이야기했다.

"사람들은 담배를 왜 피울까? 멋있어 보이려고? 힘들어서?"

"힘든 건 좀 아닌 것 같아요. 힘들어도 딴 걸 할 수 있잖아요. 근데 매일 담배를 피웠으니까 피우겠죠. 어릴 때는 멋있어 보이려고 피우는 것도 좀 있고요."

"폐가 썩을 판에 무슨 멋이야!"

"그런 애들은 원래 몸 걱정 안 하잖아요."

"예전에 같이 일하던 상사가 무척 담배를 즐겼는데, 담배는 어른을 위한 심리적 장난감이라고 생각한다는 거야. 아이들은 감정을 풀어놓을 장난감이 많은데 어른들은 그렇지 않다는 거지. 꼬마 애들이 항상 인형 들고 다니듯이 어른들은 담배를 가지고 다니는 거라고 봐야 할까?"

"심리적 장난감? 담배를 되게 좋아하는 사람들은 그럴 수도 있을 것 같아요. 저는 그냥 분위기상 물고 있는 거라 그런 느낌은 잘 모르겠어요. 근데 꼬맹이에서 좀 크면 인형 안 들고 다니지만, 담배는 죽을 때까지 하잖아요."

"마음이 안 커서 그런가 보지."

대화를 이어가며 녀석은 담배에 대해 제법 똑똑한 이야기를 풀어냈다. 이야기를 나누며 담배에 대한 복잡한 마음도 정리되었을 것이다. 친구들과 모이면 어른들 욕뿐이고, 어른을 대할 일은 선생님과 부모님밖에 없으니 일방적으로 잔소리만 듣고 마는 대화가 고작이다. 그러니 그동안은 얘기해 볼 기회도, 대화 상대도 없었으리라.

녀석을 보내고 우두커니 생각에 빠졌다. 이렇게 속 편한 대화가 얼마 만인가. 살다 보면 고등학생보다 못한, 생각 없는 어른들은 또 얼마나 많은가. 만일 "너는 학생이고 나는 선생이니 우선 네가 담배를 피운 것에 대한 처벌부터 받고 나서 이야기를 하자. 함께 담배 피운 친구들 이름을 대라." 했다면 가능했을까.

청소년들은 자신이 한 명의 인격체로 대우받았을 때 가장 어른스러워진다. 점점 어른에 가까워지고 있는 청소년들이니 어른스럽게 말하고 행동하는 기회가 더 필요하지 않을까. 아이 취급하며 술, 담배, 이성 친구 모두 금지시키고, 행동만 어른스럽게 하라는 것은 반감만 일으킬 뿐이다. 청소년들의 생각이 어른스러워지기를 원한다면 먼저 어른으로 대해야 할 것이다.

'담배 선생님'에게 한 수 배운 날이다.

선생님, 담배
피우세요?

디스가 한 갑이면
공책이 두 권이다.

−인터넷에 떠도는 명언

선생님들도 다 술 먹었는데

입을 옷이며 장기 자랑이며 수련회를 간다고 들떠 있던 인해를 다시 만난 건 일주일이 지나서였다. 당연히 수련회를 잘 다녀왔느냐는 질문으로 인사를 건넸는데, 인해는 입이 쭉 나와 있었다.

"자기 전에 선생님이 회장들 다 모이라고 하거든요. 간식도 받아 가고, 그날 아팠던 애들 괜찮은지도 물어보고, 다음 날 준비할 것들 뭐 그런 얘기를 해요. 마지막 날 밤에는 다 자지 않고 놀잖아요. 그래서 회장 애들끼리 모임 끝난 다음에 같이 놀자고 했어요. 마지막 날 모임 끝나면 각자 방으로 가서 인원 점검하고 다시 1반 회장 방으로 모이기로 했거든요."

나는 이 흥미진진한 이야기에 몰입할 수밖에 없었다.

"오, 그래서?"

"우리 반에 1반 회장 좋아하는 애가 있거든요. 그래서 걔도 데리고 갔어요. 근데 다른 반 회장들도 같이 놀고 싶어 하는 애들을 한두 명씩 데리고 온 거예요. 1반 회장 방에도 원래 그 방 쓰는 애들이 있었는데 자고 싶은 애들은 다른 방으로 가고, 놀고 싶은 애들은 방 바꾸라고 해서 모였어요. 아, 진짜 걸릴까 봐 소곤거리면서 자기소개하고, 소리 내면 걸리는 공공칠빵 같은 조용한 게임 그런 거 하고 놀았단 말이에요."

회장들끼리 모여 놀자고 한 일이지만 어찌어찌하다 보니 한 무더기가 된 것이다. 방마다 한두 명씩 비는 인원이 있는데 어찌 안 걸릴 수 있을까. 흩어졌다 다시 모이기를 반복하면서 아이들은 끈질기게 놀았다고 한다.

"잘 놀았는데 왜 그렇게 퉁퉁 부었어?"

"그때 찍은 사진을 선생님이 본 거예요. 수업 시간에 애들이 폰 사진 돌려 보다가 걸렸나 봐요. 방에 술병 있는 사진도 있고 그랬거든요. 처음에는 선생님도 그냥 웃으면서 보다가 나중에는 사진에 있는 애들 다 불려 가서 벌점 받았어요."

문제의 사진에는 신나게 노는 아이들의 모습이 담겨 있었다. 선생님이 보기에는 벌점을 주기에 충분했다. 우선 한밤중에 남녀 학생이 섞여 한 방에 있었다는 것이 문제였고, 눈이 풀렸거나 얼굴이 벌건 아이들이 있는 것으로 보아 술도 마셔 가며 놀았던 것이 분명하기 때문이다.

"벌점 받을 만했네 뭐."

"뭐가 벌점 받을 만해요! 다른 애들은 다 가라고 하고 회장들만 벌점 받았단 말이에요. 모범을 보이지 못했다나 어쨌다나. 놀러 가서 그럴 수도 있지 않아요? 그리고 선생님들도 다 술 먹었단 말이에요. 모범은 무슨……."

하긴, 수련회 간 아이들이 뭐 얼마나 대단하게 놀았겠는가. 잠 안 자고 몰래 모이는 재미에 자기소개 게임이나 하며 놀았을 것이고, 게임 하다 걸린 아이들은 벌로 맥주 한 잔씩을 마셨을 것이다.

학생이라는 이유로 규제받는 것이 참 많으나 그것은 세도의 규정일 뿐, 교사든 학생이든 사람이 지켜야 할 도리는 같은 법이다. 미성년자냐 성인이냐를 기준으로 술을 먹어도 되느냐 여부를 가리면 아이들을 설득하지 못한다. 수련회에서 술을 마셔 아이들에게 모범을 보이지 못한 것도 교사들의 실수이다. 그렇다고 아이들의 잘못이 용서될까? 그럴 수는 없다. 각자의 잘못은 각자 반성해야 할 일. 남들이야 어떻든 내 행동을 스스로 돌아보아야 한다.

"뭐가 그렇게 억울한데? 회장들만 벌점 받은 거?"

"아뇨. 그건 뭐 회장이 대표로 책임을 진 거니까."

의협심이 하늘을 찌르는 십대 후반의 아이들은 친구들을 대신해 혼나는 것에는 불평이 없다. 내 잘못도 아닌데 혼나서 임원을 하기 싫다는 십대 초반 아이들과는 다르다.

"수련회 가서 좀 놀 수도 있는데 몰라 주고 혼낸 거?"

"음, 잔소리 들을 각오는 했어요."

"술 먹은 선생님들은 놔두고 술 먹은 학생들만 혼낸 거?"

"하하하!"

차분히 생각해 보면 그렇게 열을 낼 일은 별로 없다. 그러나 아이들은 마음이 상했을 것이다. 죄인처럼 교무실에 모이고 험악한 분위기에서 큰 소리를 들었으니 얼마나 무안했겠는가. 마음이 거칠어지면 불평이 생기고 남 탓을 하게 마련이다. 회장들을 조용히 불러 상황 설명을 들은 후 너그럽게 주의를 주었다면 어땠을까. 그리고 벌점을 받았다면 아이들도 수긍했을 것이다. 하지만 어쩌겠는가. 상황이 어찌되었든 우리는 바른 생각만 품어야 한다. 나는 아이들이 교사들보다 더 큰 마음을 품길 바란다.

"선생님이 뭐라 하든, 남들이 어떻게 행동하든, 내 행동만 되돌아보면 되는 거야. 왜 선생님하고 비교를 하고 그래, 아마추어같이. 그럼 술 먹은 선생님들도 징계를 받으면 속이 후련하겠어? 내가 잘못한 건 내가 책임지고 끝내야지. 남까지 다 끌어들이는 건 찌질한 거야. 깡패들도 그렇게는 안 한다야."

황석영 작가는 성인이 되는 길은 독립운동처럼 험난하고 외롭다고 했다. 크는 것, 어른이 되는 것은 어려운 일이다. 옹졸한 어른들의 모습, 부당한 사회의 모습을 볼 때가 얼마나 많은가. 존경스럽지도 않은 선생님에게 꾸중을 듣는 것 또한 납득하기 어려울 것이다. 그렇다고 욕만 하다 청춘의 세월을 보낼 수는 없다.

"어릴 때는 선생님만 따라해도 잘 클 수가 있었지만, 지금은 너희들 생각이 선생님을 넘어서잖아. 그러면 스스로 커야 하는 거야. 선생님이 부끄러운 행동을 하면 나는 그런 적이 없었나 돌아보는 계기로 삼으면 되지 열 받을 진 아니야. 존경할 수는 없더라도 그 사람을 통해 무언가를 배우면 되지 않을까? 너랑 똑같은 사람이야."

끄덕끄덕.

마음을 키우자. 실력도 성품도 프로급인 어른으로 성장할 것이다.

선생님들도 다
술 먹었는데

프랑스의 테니스 명선수 코셰와 미국의 명선수 칠덴이
데이비스컵 전을 파리에서 가졌을 때의 일이다.
칠덴의 서브가 맹렬해 라인에 아슬아슬하게 떨어지자
코셰가 받아 내지 못했다.
심판이 "아웃"을 외쳤지만 공을 받지 못한 코셰는
자신의 실수를 인정했다.
"아니, 이번 것은 세이프입니다."
공은 라인 위에 떨어진 것이다.
심판관의 아웃을 그대로 인정했더라면 코셰에게 유리했을 텐데
어디까지나 정정당당히 싸우려 했던 것이다.
그것을 안 칠덴은 코셰가 서브했을 때 그것을 일부러 라인 밖으로 쳐서
코셰에게 1점을 득점하게 했다.
이것이 진짜 프로들의 모습이다.

－이외수, 「코끼리에게 날개 달아주기」 중

선생님, 왜 그렇게 열심히 청소하세요?

겨울방학, 경기도의 한 중학교에서 자기주도학습을 주제로 방과후 수업을 했다. 대상은 1학년. 각 반에서 모집된 아이들이 두 개 반으로 재편성되어 있었다. 담당 선생님 말씀으로는, 학기 중에는 진도 나가고 시험공부를 하느라 겨를이 없으니 방학을 이용해 공부 방법을 알려 주려 한다는 것이다.

"참 똑똑하고 성실한데도 공부를 어떻게 할지 몰라서 성적이 안 나오는 녀석들이 많아요. 노트 정리는 어떻게 하는지, 시험공부는 어떻게 하는지 당연히 알 거라고 생각했는데, 그렇지 않은가 봐요."

207

선생님 말씀이 맞다. 요즘 아이들은 형제도 많지 않아서 자연스럽게 보고 배우는 요령도 부족한 편이다.

"자발적으로 신청한 애들도 있지만 담임선생님이 권유해서 억지로 앉아 있는 애들도 있어요. 가정 형편이 어려운 아이들도 있고. 방학 동안 하루 종일 집에 혼자 있으면 늦잠 자고 텔레비전 보고 생활지도가 잘 안 된답니다. 수업 태도가 안 좋을 수도 있으니 양해해 주세요."

아이들을 지도하기에 여러모로 애를 쓰는 선생님들의 배려가 느껴졌다. 선생님의 안내를 받아 들어선 교실. 열 명 남짓한 아이들이 히터 옆에 다닥다닥 붙어 앉아 저건 뭔가 하는 표정으로 나를 본다. 방학 중 수업이 늘 그렇듯 수업 분위기는 완전 꽝! 수업 시작 전에 와 있는 녀석은 절반도 되지 않았고, 나머지는 선생님 전화를 받고 일어나 1교시가 끝날 무렵이 되어서야 나타났다. 담당 선생님이 미리 양해를 구하긴 했지만 이렇게 난감할 줄이야. 수업 진행도 수월하지 않았다. 배고프다 졸립다 아우성치질 않나, 안 하면 안 되느냐고 생떼를 쓰질 않나, 20분 수업하고 20분 노는 식으로 겨우겨우 수업을 이어 나갔다.

3주 동안의 방과후 학교 프로그램이 모두 끝난 날(학생들도 좋았겠지만 나는 더 좋았다), 나 같은 외부 강사를 포함한 모든 선생님이 수업 후 교실 청소와 문단속 지도를 전달받았다. 학교에서는 아이들이 그동안 노래를 불렀던 피자와 햄버거를 준비해 주었는데, 나는 전달받은 사항도 있고 해서 아이들에게 함께 청소할 것을 제안했다.

"우리가 그동안 쓴 교실이니까 쓰레기라도 좀 줍자. 어차피 간식 오려면 기다려야 하니까."

몇몇 개념 있는 아이들은 주춤주춤 일어서는 듯싶더니 친구들의 상황을 살피다가 다시 앉아 버린다. 혼자라면 잘했을 녀석들도 이렇게 귀찮은 분위기에 젖어 버리니 어쩔 수 없다. 남들이 뭐라던 스스로의 생각대로 움직이는 멋진 마음은 언제쯤 생기려나. 이제 겨우 열네 살, 남들과 비슷하면 마음을 놓아 버리는 타성이 몸에 밴 듯해 안타까웠다.

"청소 왜 해요?"

"방학 끝나고 오면 어차피 반 옮기느라고 다시 지저분해져요."

"맞아. 사물함 빼고 이러다 보면……."

우리 교실도 아니고, 방학 중에 청소를 했나 체크하는 사람도 없고, 선생님은 외부 강사라 오늘 보면 끝이고, 개학하면 반 옮기느라 다시 더러워질 텐데 뭐. 아이들 마음속에는 청소를 열심히 하지 않아도 되는 백만 가지의 이유가 가득했다.

209

"청소 안 한다고 간식이 더 빨리 오니? 어차피 앉아 놀 거면 청소하자. 빗자루질만 한 번 해도 깨끗해질 것 같은데, 공짜로 간식 먹는 값 한다 생각하고 치우자, 엉?"

"아, 싫어요."

아이들의 나 몰라라 태도에 짜증이 밀려왔다. 이런 무기력함으로 무슨 노력을 할 수 있을까. 내가 청소를 해두면 다음에 누군가는 조금 더 수월하게 청소를 할 수 있을 텐데. 내 머릿속에도 아이들에게 쏟아 내고 싶은 백만 가지 잔소리가 떠올랐다. 하지만 지금 아이들 귀에 무슨 말이 들릴까. 그냥 나 혼자 청소를 하기로 했다. 말보다 행동으로 보이는 것이 더 좋을 것 같아서였다.

다 부서진 청소함에서 빗자루를 꺼내 교실 뒤를 쓸기 시작했다. 방학 중에는 물론 방학 시작 전부터 청소는 제대로 되지 않았던 모양이다. 기말고사가 끝난 후로는 공부도 생활도 모든 긴장이 풀어졌을 테니까. 켜켜이 쌓인 먼지와 구석구석 굴러다니는 음료수 캔, 컵라면 용기, 휴지 뭉치…… 몇 달 동안의 게으름이 빗자루 끝에 매달려 나오고 있었다. 아이들은 노는데 선생님이 청소를 하고 있으니 한 녀석이 꺼림칙했는지 한마디 한다.

"선생님, 왜 그렇게 열심히 청소를 하세요. 그냥 두세요."

외부에서 온 선생님에게 청소를 하게 하는 것이, 그것도 쌓이고 쌓인 먼지 더미를 보이는 것이 아이들도 민망스러웠을 것이다. 그래도 그저 앉아서 떠든다. 마음과 행동이 일치하기는 쉽지 않은 법. '제가 도울게요!' 하며 갑자기 청소를 하러 나오는 것은 얼마나 오글거리는 일인가. 나도 저 무리에 섞여 있었다면 그랬을 거다. 묵묵히 궂은일을 하는 어른의 모습을 마음에 담은 녀석이 한 명이라도 있다면 충분하지 않은가. 누군가는 나의 모습을 보고 바른 생각을 할지 모른다.

몸을 숙여 청소를 하고 있자니 괘씸하던 아이들 마음도 이해되기 시작했다. 녀석들을 가르치려 했다가 결국은 내가 철들어 버리는 청소가 되어 가고 있었다.

"선생님 안 해도 된다니까요."

아이들은 놀면서도 건성건성 그만두라는 말을 던진다. 그래도 내가 청소하는 모습을 보기는 하는 모양이다. 그래, 다행이다. 집으로 돌아오는 길, 아이들에게 들려 주면 좋았을 이야기가 하나 떠올랐다.

뉴욕 빈민가의 열일곱 살 흑인 소년. 가난한 소년은 아르바이트를 하며 용돈을 스스로 벌어야 했다. 그 해 여름방학에는 콜라 공장에서 일을 했는데 불공평하게도 인종차별이 있었다. 백인 학생들에게는 작업 라인에 앉아 콜라 담는 일이, 흑인 소년에게는 바닥 청소하는 일이 주어진 것이다. 넓은 공장, 끈적거리는 콜라를 닦는 일은 쉽지 않았을 터. 기막힌 상황에서도 소년은 마음속으로 다짐했다.

'나는 최고의 청소부가 되겠다.'

한 번은 50개의 콜라 병이 든 상자가 넘어졌다. 바닥은 유리 조각과 콜라가 뒤섞여 난장판이 되었는데 사람들은 그저 지나치기만 할 뿐 아무도 치울 생각을 하지 않았다. 소년은 몇 시간 동안 혼자 쭈그리고 앉아 유리 조각을 줍고 바닥을 닦았다. 방학이 끝나자 감독관이 소년에게 이렇게 말했다.

"자네, 일을 참 열심히 하는군."

소년은 이듬해 여름에 다시 채용해 주겠다는 약속을 받았다. 소년이 다시 콜라 공장을 찾아갔을 때 책임자는 바닥 청소 대신 음료 주입기를 맡겼다. 그리고 그 해 여름이 끝날 무렵 소년은 음료주입 팀의 부책임자로 승진했다.

이러한 성실함으로 소년은 1989년 미국 역사상 최연소 합참의장에 올랐고, 2001년에는 흑인 최초로 국무장관이 되었다. 그가 바로 미국의 정치가 콜린 파월이다.

이 좋은 이야기가 왜 뒤늦게 떠올랐을까. 이 책을 통해 더 많은 청소년들과 나누고 싶다. 모든 성공은 태도에서 비롯되는 법. 아무도 보는 사람 없지만, 굳이 열심히 하지 않아도 되지만, 그래도 내 마음의 기준을 따르는 것. 나의 양심을 지키는 태도는 결국 나를 최고의 자리에 올려 놓고 말 것이다.

선생님, 왜 그렇게
열심히 청소하세요?

모든 일은 나름대로 가치가 있다.
성실함 속에 세상의 모든 기회가 숨어 있다.

－콜린 파월

나를 힘들게 하는 것이 결국 나를 키운다

공부하기로 약속한 시간이 지났는데도 규석이가 나타나지 않는다. 평소 지각하지 않던 아이라 걱정스러워 얼른 전화를 걸었다.

"어, 선생님. 잠시만요."

우당탕 쿵쾅, 괴성 소리, 문을 쾅 닫는 소리, 무언가 깨지는 소리. 전화기 저쪽은 시끄러운 소리로 가득했다. 규석이는 금방 가겠다는 메시지를 남기고 아무 일도 없는 듯 곧 내 앞에 나타났다. 저 아무렇지 않은 표정. 그래, 그것도 규석이가 터득한 삶의 방법이리라. 어찌되었든 자신이 지고 갈 짐이니. 지금은 그 짐이 없는 친구들보다 버겁겠지만 점점 더 훨씬 강하고 멋있는 사람이 되어 갈 것이다.

규석이의 형은 조금 독특하다. 좋게 말해 독특한 것이지, 친구들의 쑥덕거림을 들어 보면 약간 이상하다. 눈에 띄는 장애가 있는 것도 아니고 지능이 떨어지는 것도 아닌데 상황 파악이나 대인관계, 감정 조절 능력이 또래들에 미치지 못한다. 형의 '약간 이상한' 행동을 나열하자면 끝이 없다. 먹는 것에 필요 이상 광분하고, 뚱뚱하다고 놀리는 친구를 심하게 때려서 입원을 시키는가 하면, 엄마가 검도 학원에 데려다 주며 건물 뒤편에 내려 주니 두 시간을 헤맨 적도 있었다. 초등학교 때는 수업 시간에 갑자기 일어나 돌아다니며 이상한 소리를 내기도 했다. 당연히 친구들에게 따돌림을 당했다. 학교에 다녀올 때마다 하나씩 늘어나는 상처들. 형은 초등학교를 세 번이나 옮겼다. 동네 초등학생 아무나 붙잡고 "너 희석이 아니?"라고 물으면 아이들은 웃음부터 터뜨린다.

"아, 히돌이요? 걔 모르는 애 없을 걸요. 이 동네 왕따예요."

초등학교를 옮길 때마다 전교생이 다 아는 왕따가 되었으니 그 동네의 유명인사가 될 수밖에. 덩치나 작았으면 아이들의 놀림거리나 되고 말았을 텐데, 곰만 한 체격에 힘도 장사여서 자기를 놀리는 친구들은 가만두지 않았다. 불안함은 공격성을 키우는 법. 친구들은 힘으로 당할 수 없는 희석이에게 대항하기 위해 떼로 몰려다니면서 희석이를 괴롭혔다. 그래도 중학교에 올라간 후에는 많이 좋아졌다고 한다. 친구들도 철이 들고, 희석이의 사고력도 나아졌기 때문이리라.

어려서부터 규석이의 마음고생은 떠나질 않았다. 어릴 때는 밤마다 형과 다른 학교에 다니게 해달라던 기도가 간절했고, 조금 큰 후에는 형이 죽게 해달라는 기도가 나올 만큼 비참했다. 그래도 엄마의 우는 모습을 보며 규석이는 한마디 불평도 할 수가 없었다.

곧 가겠다는 규석이의 메시지에 이어 규석 엄마에게서 전화가 왔다. 희석이가 짜증을 부려 물건을 다 집어 던지고 쑥대밭이 되었다는 이야기였다. 규석이 마음이 편치 않을 테니 잘 살펴 달라는 당부였다. 이제 엄마를 대신해 형의 난리를 받아 내는 규석이. 기특함과 미안함, 엄마의 마음도 복잡했으리라. 엄마가 전화했다는 얘기는 절대 하지 말라며 규석이의 자존심을 염려했다.

규석이는 어떤 내색도 하지 않고 그저 공부할 책을 폈다. 그러면서 학교가 미쳐서 단어를 육백 개나 외워 오라고 프린트물을 나눠 줬다며 요란을 떨었다. 나도 나답지 않게 그 요란에 합세했다. 어려운 단어를 설명해 주니, 수다스럽게 단어를 외우기 시작했다. 단어 외우기가 지겨워졌을 즈음 규석이는 마음이 가라앉았는지 형

이야기를 꺼냈다.

"어렸을 때는 그냥 형이 창피하기만 했어요. 뭐 지금도 창피하지만, 그래도 걱정이 돼요. 진짜 모자라잖아요. 대학교는 어떻게 가고 돈은 어떻게 벌겠어요."

엄마는 규석이를 잘 살펴주라 했지만, 철든 규석이는 내 마음을 키우고 있었다. 나는 규석이가 형의 어두움에서 벗어나기를 바랐다.

"너 대학 갈 걱정이나 해. 너는 나중에 뭘 해서 돈 벌 거냐?"

"하긴 그래요."

멀쩡히 돌아다니는 것 같아도 아이들의 마음속에는 아물지 않은 상처와 충격이 있다. 누가 가르쳐주지 않아도 아이들은 그것을 감추는 법을 안다. 집집마다 말 못 할 사연 하나쯤 왜 없겠는가. 특히 그 어려움이 몸과 마음이 아픈 식구 때문인 경우 아이들은 금방 어른이 된다.

특수 교육을 받아야 하는 동생 때문에 발레를 그만둔 아이, 알코올 중독자인 할아버지 때문에 늘 옷에서 나는 냄새를 신경 써야 하는 아이, 아침마다 동생 등교시키느라 지각하는 아이, 오빠의 저녁밥을 챙기기 위해 놀다가도 집으로 달려가야 하는 아이……

이 아이들의 학습 태도는 진지했고 성숙했으며 내 모든 말을 마음으로 들을 줄 알았다. 곤란한 사정에 대해서는 일부러 말을 피했지만 아이들은 내가 알고도 모른 척한다는 것 또한 알아챘다. 그러고는 소리 없이 고마워했다.

위태로운 사춘기가 얼마나 아름다운지. 몸과 마음이 아픈 가족을 곁에 둔 것은 위대한 훈장이다. 다른 사람의 어려움을 긴 설명 없이도 공감할 수 있으며, 인생을 뒤흔들 만큼 큰 스트레스 속에서도 자신을 너끈히 지켜낸다. 그 성숙함을 어디서 살 수 있을까. 나를 죽이지 않는 모든 것은 나를 강하게 만들 뿐이라고 철학자 니체도 말하지 않았던가.

규석이는 형 덕분에 요즘 아이들에게는 흔치 않은 '고품격' 마인드를 갖게 될 것이다. 깊어진 마음이 따뜻한 리더십과 소통 능력으로 키워질 것이라 확신한다. 새 휴대폰 투정이나 부리며 십대를 보낸 다른 친구들은 상상도 하지 못할 축복이다. 울지 말자.

**나를 힘들게 하는 것이
결국 나를 키운다**

지리산을 올라가며 너무 힘이 들었습니다.
등에 짐은 왜 그렇게 무거운지, 내던지고 싶었습니다.
그런데 정상에 오르고 보니
짐 안에 먹을 것이 들어 있었습니다.
지금, 여러분의 짐을 쉽게 내던지지 마세요.
훗날 그 짐을 열어 보면 보석이 들어 있을 것입니다.

─**이경규**, 「남자의 자격」 중

네 번째 공감 이야기

나는 자란다, 매일매일

창으로 들어오는 여름을 데려가는 바람이 하도 시원해 잠시 산책을 나갔습니다. 조용한 공원, 그저 가만히 서 있기만 한 나무들. 나도 참 지루하게 사는 사람이지만 더우면 더운 대로 추우면 추운 대로 그냥 서 있는 나무들도 참 지루할 듯싶습니다.

저 무수한 잎사귀들도 이제 곧 낙엽이 되겠지요. 흔해 빠진 나뭇잎 같지만 모두 올봄에 새로 돋아난 '신상'입니다. 아무것도 없던 가지에서 겨우 보일 듯 말 듯한 연둣빛으로 시작해 2, 3개월 사이 저토록 진하고 두툼하고 넓적하게 자라난 것이지요.

4~7월 싹이 돋아 열매를 맺기까지 은행잎이 자라나는 모습

　우리도 그렇습니다. 이유 없이 여기저기를 돌아다니고, 집에 들어앉아 비 구경을 하고, 멍하니 이런저런 걱정거리를 만들기도 하고.

　그저 당연하고 지루한 일상 같지만, 지금 내가 뭐하고 있나 하고 한숨 쉬지 마세요. 그러는 동안에도 우리의 몸과 마음은 자라납니다. 나무처럼요.

마음이 녹작지근 풀어지기를

나는 노천 온천을 좋아한다. 특히 한겨울 달달 떨며 탕으로 달려가 뜨끈한 물에 몸을 담그는 느낌이란! 몸의 긴장은 물론 마음의 엉킴도 모두 풀어지는 듯한 그 여유로움은 이루 말할 수 없는 즐거움이다. 큰 숨을 쉬면 내 속의 시커먼 것이 다 빠져 나갈 것 같은 청결함. 그 느낌을 무엇이라 표현하면 좋을까. 나는 노천 온천이 너무 좋다.

전철에서 책을 읽다가 '녹작지근'이라는 단어를 만났다. 저런 표현은 누가 생각해 냈을까? 우리말의 인간적인 매력에 다시 한 번

탄복하며 그 단어를 한참 곱씹었다. 그래, 내가 노천 온천을 하며 느낀 것이 바로 녹작지근함이리라. 아무 걸릴 것도 없이 다 녹아내려 편안해지는 느낌.

이 책을 쓰는 내내 그 단어를 떠올렸다. 이야기를 하나하나 읽어 나갈수록 답답함, 참을 수 없음, 조바심, 열등감이 모두 녹아내려 아무 걸릴 것도 없이 편안해지기를. 이야기의 주인공과 함께 울고 웃고, 잠시 책을 덮고 큰 숨을 쉬어 보기를. 내 문제가 해결되지는 않았지만 뭔지 모를 자신감이 맺혀 가기를.

십대의 감성은 순수하다. 순수하니 고독하고, 표독스럽고, 거침 없고, 힘들다. 나는 그 성장의 상처들에 세상은 다 그런 거라며 아는 척을 해대고 싶지 않았다. 각자의 문제와 상관없이 그저 따뜻하게 괜찮다고 한마디 해주고 싶었고, 나도 그랬다고 공감을 더해 주고 싶었다.

건조하고 갈라졌던 독자들의 마음이 녹작지근 풀어져 몰랑몰랑해졌는지 궁금하다. 예쁜 것들. 청소년들은 늘 나의 가장 큰 선생님이다.

224